中华民族的故事

下

高洪雷 ◎ 著

目　录

第一章　女真——从白山黑水走来　/　001

　　岳飞死了,我们所有的石碑、庙宇、塑像、香火,都无法使他生还。秦桧死了,写一万本书责骂他,也不会惊动他不为人知的坟墓中的骨灰。这一点,过去是,现在是,将来仍然是一个民族的伤疤……

第二章　朝鲜——傲雪迎春的金达莱　/　035

　　雨与雨诉说忧伤,一定是泪流成河;月与月评论快乐,将处处星光灿烂。背靠中国这棵大树,"李氏朝鲜"一直高枕无忧……

第三章　蒙古——席卷欧亚的狂飙　/　061

　　但经常走夜路的人,难保不碰上鬼。就在一个鲜为人知的地方——四川钓鱼城,也就是合州府所在地,蒙古人遇到了从未有过的抵抗……

第四章 吐蕃(tǔ bō)——盛开在雪域 / 109

行文至此,我仿佛听到,火对冰说,我可以融化你;冰对火说,我可以熄灭你。两者都达到了目的,结果同归于尽——被融化的水中分明带着火的体温……

第五章 西南夷——大理国传奇 / 137

于是,与举世闻名的金字塔、空中花园、长城相提并论,被列为人类一百个伟大工程之一的哈尼梯田诞生了……

第六章 越人——从"卧薪尝胆"说起 / 159

他因此得到善终,在献国后又活了十年,死后还被追封为忠懿王。北宋编辑的《百家姓》在皇姓"赵"之后就是"钱",原因就在于此……

第七章 濮(pú)人——夜郎真的自大吗 / 189

公元850年,终于有个名叫刘蜕的长沙人考中进士,所以称为"破天荒"。时任荆南节度使的魏国公崔铉特地奖赏给刘蜕七十万钱,这笔钱的名堂就叫"破天荒钱"……

第八章 月氏(ròu zhī)——印欧人伸向东方的箭头 / 205

渐渐的,过去的苦难经历和如今的呼风唤雨,让这个普通人的心变得复杂起来。远大的志向如带雨的云团,长时间在他的胸中翻腾着,挤压着。不只是一个不眠的夜晚,石勒的耳边不断地响起秦末戍卒陈胜的那句话:"王侯将相宁有种乎!"

第九章 乌孙——游牧的战神 / 231

多少年的风刀雪剑,依然载不走对故乡太真、太实、太沉、太痴的眷恋。哪怕天上飘过一丝云,原上刮来一缕风,戈壁绽放一朵花,都会牵动她们无穷无尽的情愫……

第十章 回族——弄潮千年商海 / 249

　　而他身后的肃州已经成为一座死城,只留下荒冢蔓草,还有那挂在草尖、尚未风干的泪珠,在夕阳的余晖里,诉说以往湿漉漉的故事……

第一章　女真——从白山黑水走来

谁想要推动世界，就让他先推动自己。

——古希腊哲学家　苏格拉底

读者还记得与"杨家将"斗得昏天黑地的大辽吗？灭亡大辽的，就是接下来出场的女真。

一　从头鱼宴说起

公元 1112 年冬，今松花江畔。辽国天祚帝依照惯例举行"头鱼宴"。当时，前来朝贡的部落酋长都参加了宴请。酒过三巡，菜过五味，趾高气扬的天祚帝命令酋长们依次起舞助兴，当轮到一个酋长时，他正襟危坐，目不斜视，以不擅长歌舞为由拒绝了命令。这一反常的举动，闹不好是要掉脑袋的。

这个拒绝跳舞的酋长，名叫阿骨打，属于生女真部落。

女真的祖先是居住在中国东北白山（长白山）黑水（黑龙江）之间的一个原始部落。它先后冠名肃慎（意为东部人）、挹娄（意为深山穴居人）、勿吉（意为深山老林人），隋唐时期更名靺鞨（mò hé，意为深山老林人）。

伟大的唐朝如同磁石，吸引着无数的边疆部落迁往内地。靺鞨也一分为二，思想开放的走出大山进入东北南部平原，他们是粟末靺鞨；老实本分的仍旧占据着白山黑水，他们是黑水、白山等靺鞨部落。粟末靺鞨曾经创建了东北亚地区伟大的国家渤海国。

显然是出于对渤海国的羡慕，那个在北部丛林中摸索和挣扎的黑水靺鞨渐渐有了想法。五代时期，他们将名字改为女（原读 rǔ，后读 nǚ）真，女真翻译成汉语就是"东方之鹰"。

辽国灭亡渤海国之后，能放过这个渤海国的近亲吗？于是，辽国把实力较强的女真人编入大辽户籍，迁到辽阳府以南与契丹杂居，被称为"熟女真"；分布在辉发江一带的女真与辽有着半管辖关系，被称为"不生不熟女真"；仍旧生活在松花江、黑龙江流域，未入辽籍的女真人被称为"生女真"。

辽兴宗耶律宗真继位后，竟然为了避开"宗真"的名讳，将女真的"两只脚"砍掉改称"女直"。

终于，一个气度不凡的男子向历史走来。他来自生女真完颜部，名叫完颜阿骨打，据说他擅长骑射，射出的箭能达三百二十步，是闻名遐迩的奇男子。他真正引起人们瞩目，就是在这次"头鱼宴"上。

对于阿骨打的反常举动，不知为什么，天祚帝居然没有发火。就在参加"头鱼宴"的第二年，阿骨打举起了抗辽的大旗。

公元 1114 年，阿骨打率女真将士两千五百人在涞流河（吉黑交界处的拉林河）祭祖誓师，先后在今吉林、黑龙江痛击了辽国大军。

辽军从此一蹶不振，阿骨打成为东北地区无可争议的最高首领。

随着女真与辽国力量的逆转，建立一个统一的女真国家已水到渠成。公元1115年，阿骨打正式称帝，定国号为金，目的是以永不腐朽的金对付终将腐烂的镔铁（辽的本意）。从此，几代女真人孜孜追求的建国理想，再也不是含泪的纪念、啼血的杜鹃。

施政大纲随之出台。在政治上，推行勃极烈制，形成了以都勃极烈——皇帝为中心的模式。在军事上，实行猛安谋克制，每三百户为一谋克（氏族），首领为百户长；十谋克为一猛安（部落），首领为千户长，平时务农，战时出征，形成了兵民合一的体制。在文化上，将汉人正楷和女真语言杂糅在一起，创制了"女真大字"。

阿骨打的一生，是创业与征战的一生，也是挥洒智慧的一生。他击败了数倍于己的辽国大军，先后占领了辽国五京，让"女直"重新站起来恢复了原名"女真"。实施了从中原兵书上学来的远交近攻战略，针对宋朝一心收复燕云十六州的心理，于公元1120年和宋达成了联合夹攻辽国的"海上之盟"。

盟约最大的受益者当然是阿骨打，宋配合金攻陷燕京后，金欺负宋软弱，只退还了燕京及所属六州，还每年向宋多要了一百万贯燕京代税钱。

遗憾的是，阿骨打没能活着看到辽的灭亡和宋的受辱。公元

1123年八月，这位女真英雄病逝于由燕京回师上京途中，终年五十六岁。

二　靖康之变

阿骨打的弟弟金太宗完颜晟（shèng，又称吴乞买）顺利接班。

公元1125年，随着辽国天祚帝被金国俘虏，金宋联合灭辽战争终于画上了句号。当金宋之间的缓冲地带被荡平之后，宋金就由过去的盟友变成了现实的对手。这不禁使我想起了英国原首相帕麦斯顿的那句名言：没有永远的朋友，也没有永远的敌人，只有永恒的利益。

起初，两国关系还算平和，吴乞买戴上金国王冠时宋朝还上了贺表。但不久之后发生的"张觉事件"，导致两国关系急转直下。

张觉原是辽国驻平州节度副使，他先降金后降宋。作为报复，吴乞买派出大军进攻张觉驻守的平州。听到风声，张觉投奔了同为辽国降将的宋朝燕京守将郭药师。金国抓不住张觉，便派出使者要求宋朝引渡张觉。

宋朝怕事情闹大，竟然做出了一个令所有投诚者寒心的决定——处死张觉并将他的首级送给金国。此事引起了多米诺骨牌效应，郭药师认为宋朝已经不值得依靠，于是扣押了宋朝知府向金国投降。立刻，燕山府成为金国的边城，宋朝的北大门洞开。

张觉事件使宋朝的软弱可欺暴露无遗。十一月，金国大举南侵，迅速占领了山西和河北的大片土地，兵锋逼近宋都汴京（今开封）。

宋朝当政的是宋徽宗赵佶，神宗的第十一子，哲宗的弟弟。赵佶是个艺术天才、理想主义者兼唯美主义者，他把精力全部倾注到艺术上，在构筑典雅幽巧的幻想境界中追求人生极致。他本无心执政，但历史阴差阳错地将他扶上了皇位。当了天子后，他以"太平无事多欢乐"为人生哲学，仍一如既往地沉迷于艺术，他的书法笔势飘逸，意度天成，自号"瘦金体"，犹如冲霄鹤影，掠水燕翎，高迈不凡而又轻盈无迹。他的山水画至今价值连城，画作《竹桃黄莺卷》2005年拍出了六千一百一十六万元的天价。

在艺术上鉴别力惊人的赵佶却忠奸不分。市井无赖高俅只是因为球踢得好，就被任命为太尉；宦官童贯善于逢迎，被封为节度使；奸臣蔡京写得一手好字，被扶上相位。特别是他在执政的二十五年间，一而再，再而三，以至于四地信任绝对的奸佞蔡京，四次免其职又四次起用，执迷不悟到了无可救药的程度。朝廷乌烟瘴气，军队萎靡不振，只有艺术一花独放。

听说金军逼近京城，赵佶被吓昏，醒来后立刻让位给太子赵桓，自称太上皇逃往镇江躲避战火。

宋钦宗赵桓即位后，改年号为靖康，下令将父亲最为宠信的蔡京、童贯等六大奸臣分别罢官、流放、赐死、杀头、抄家。靖康元年（1126年）初春，金兵再次兵临城下，他任命名将李纲为东京留守，取得了都城保卫战的胜利。种种迹象表明，中兴指日可待。

然而，历史与我们开了一个天大的玩笑：新君赵桓压根就不是什么英明决断的主儿，而是一个地地道道的软骨头。在取得汴京保卫战的暂时胜利后，赵桓赶紧派出使节就金兵撤军进行交涉。金国提出的撤军条件相当苛刻，要求割让太原、中山、河间三镇，岁币增加到每年银三十万两，钱一百万贯，还要宋朝送一名亲王作人质。

"这也太过分了！"但一心求和的宋朝全盘接受了金国的条件，付出了相当于一百八十年岁币之和的战争赔款，宋徽宗第九子、钦宗的弟弟康王赵构被送往金国作人质。金兵满载而归。看到宋朝大势已去，臣服宋朝多年的高丽和西夏倒向金国。

天真的赵桓以为天下太平了，便听信主和派的意见，罢免了名将李纲并遣散了他的河北军，南方诸路勤王兵马也奉命撤回。令人啼笑皆非的是，在外避难的太上皇，竟然别有用心地回到汴京。

当年秋天，金兵背弃盟约再次南侵，东西两路大军很快包围了汴京。李纲已被罢免，勤王兵马被统统遣散，赵桓一时没了主意，据说连肠子都悔青了。

出色的剧目得不到嘉许，卑劣的杂耍当然要寻隙登场。就像愚蠢的慈禧听信义和团可以刀枪不入一样，赵桓竟让无赖郭京的所谓"神兵"开城退敌。郭京之流玩的不过是泥车瓦狗、瞒骗小儿的把戏，骗得了赵桓哪骗得了金人，金兵乘机杀入汴京，徽、钦二帝束手就擒。

第二年三月底，金国册立原宋朝太宰张邦昌为帝，建立了傀儡政权"大楚"，然后囊括城内九十二个府库的财物及宋朝君臣、嫔妃、工匠约十万人返回北方老家，宋朝"二百年府库蓄积为之一空"，世界级大都市汴梁从此辉煌不再，这就是所谓的"靖康之变"——一个中原人永远难以忘却的奇耻大辱。其后果是，中原军民大量南迁，中国经济与文化重心南移到江苏、浙江。

其实，历史的转折本来就不太美丽，就像河道的弯口上常常聚集着太多的淤泥、垃圾和泡沫，异味扑鼻。

金国先行撤退的一路由宗望押送，包括赵佶、郑皇后、赵构之母韦贤妃、亲王、皇孙、驸马、公主和妃子，分乘八百六十多辆牛车，在凄厉的哭声中沿着滑州惶惶北去。途中，赵佶的贵妃王婉容被金将真珠带到军帐享用。另一路于三天后，由宗翰押解，包括赵桓、朱皇后、太子、宗室和孙傅、张叔夜、秦桧等几位不屈的大臣，沿着郑州北行。赵桓头戴毡笠，身穿青布衣，骑着一匹黑马从巩县渡过黄河，失魂落魄地进入传统的宋金边界。西落的残阳将他的影子拉得很瘦很长，恰如苍茫大地上一个黑色的惊叹号。

途中，赵佶目睹了贵妃王婉容羞愤自刎的惨状，赵桓也见证了大臣张叔夜自杀的悲烈。可叹两位在甜水和阿谀中泡大的"公子哥"一不会动武，二不会求人，甚至连表达一下抗议的胆气也没有，更别设想他们像张叔夜一样以死明志了。仅在这一点上，还真应该佩服兵败自杀的西楚霸王项羽、前秦皇帝苻坚。

七月二十日，两路人马在燕京会合，父子两位皇帝抱头痛哭。

由于南宋进攻甚急，他们继续北迁。经过一年的颠簸，终于到达金国都城上京。二帝被封为昏德公和重昏侯，扔进了韩州（今辽宁昌图县）一座与世隔绝的简陋牢房，给他们提供了足够的纸笔砚墨，以便他们日复一日地面壁反思自取其辱的蹉跎岁月。

再看看皇帝女眷们的下场吧。赵构的母亲韦太后和赵佶的女儿柔福被金国丞相盖天大王霸占，赵构的妻子邢秉懿成为金太宗的宠妃，赵佶的女儿宁福和金福被金熙宗封为夫人，六名王妃被分别赐给了完颜家族的成员，只有赵桓的妻子朱皇后因不堪凌辱投水自尽。

后来，二帝被赶到极度荒凉的边陲小镇五国城，也就是今黑龙江依兰县。长年的泪水淹瞎了赵佶的眼睛，也使这个不食人间烟火的艺术家从天上掉到地下：

九叶鸿基一旦休，猖狂不听直臣谋。

甘心万里为降虏，故国悲凉玉殿秋。

痛苦、悔恨、无奈和悲伤的体验使他的诗词一洗铅华，成为血泪心境的真实写照。被俘八年后，即公元1135年，这位风流儒雅的皇帝病死在破烂的土炕上，享年五十四岁。

又过了十三年，赵桓被押回中都，与辽国皇帝耶律延禧一同囚禁在郊区的一座寺庙里。

公元1156年，金帝完颜亮心血来潮，让两名被俘的皇帝陪他参加马球比赛，文弱不堪的赵桓从马上跌落，被乱马活活踩死，终年五十七岁。直到五年以后，他的死讯才传到南宋。

在"靖康之变"中幸免于难的唯有赵构，刚刚被从金国换回的他，都城陷落时正奉命在外组织勤王兵马。

公元1127年五月初一，赵构在南京应天府（今河南商丘南）即皇帝位，是为宋高宗。

北宋帝国从此谢幕。

三　秦桧南归

作为续集的南宋开场了，但舞台上仍旧弥漫着低沉的气氛。

如果说过去的都城东京汴梁是蕴藉深沉的，而"行在"临安则是秀丽妩媚的。明媚的西湖更是缠绵旖旎，风情万种。这里多雨而温暖，绚烂而和煦，翠径花台，红袖满楼，软语轻笑，蝶舞莺啼。

温柔的临安像一位绝代佳人，以温暖而芬芳的怀抱，化解着无数伤心人的痛苦，销了剑锋，雌了男儿。赵构虽然也打起了"恢复""中兴"的旗号，但他怕迎回二帝会危及自己的皇权，便逐渐地表现出放弃中原、苟安江南的真正意图，偏安一隅成为赵构后半生的主旋律。正如诗人林升所言：

山外青山楼外楼，西湖歌舞几时休？
暖风熏得游人醉，直把杭州作汴州。

碍于帝国的情面，赵构并没有表现出明显的偏安意图，其实他在等待一位真正理解他的大臣。公元1130年十二月十日，一个令赵构高兴得夜不能寐、令爱国者沮丧得捶胸顿足的日子，赵构接见了从金国"顺利逃回"三天的前御史中丞秦桧。

秦桧，公元1090年出生在建康的小官吏家庭。学生时代，他从恩师——奸相汪伯彦那里既继承了满腹经纶也学到了弄权之术。秦桧在二十五岁那年就高中进士，来到今山东诸城任州学教授。后来又高中词学兼茂科，调任太学学正。此后，更是一路蹿红，在北宋末年被提拔到御史中丞的高位。在时人眼中，他是地地道道的主战派。金兵围困汴京时，他反对议和的口号喊得最响，那篇署名秦桧的《上钦宗论边机事疏》就是最好的证据。"靖康之变"后，听到金国准备将二帝押往北方，以伪政权代替宋朝的消息后，他冒着掉头的危险，领衔上奏金国皇帝坚决反对。好在后果没有预想的糟糕，他只是被同二帝一起押往了北方。他此时的崇高声望，类似被俘后处于绝食阶段的洪承畴。

三年过去了，二帝一直杳无音信，秦桧却"顺利"逃回。对于这样一位具有崇高声望的南宋大臣，金兵怎会疏于防范？一个手无缚鸡之力的大臣还带着老婆，怎能闯过金兵的重重关卡？每个人都在怀疑，宋高宗却急切地接见了他。

听到秦桧"如欲天下无事，须得南自南，北自北"的著名主张，赵构大悦。原来仅仅三年，秦桧已经完成了从最坚定的主战派到最著名的议和派的人生蜕变。是被形势所迫，还是被"洗脑"了？人们在纷纷猜测，但赵构毫不在意。

很快，秦桧从礼部尚书、参知政事，爬到了宰相高位，受命与金人"解仇议和"。第一次"绍兴和议"宣告成功。

但事与愿违。公元1139年秋，金朝发生政变，主战的金兀术掌握了军政大权。次年五月，金兀术撕毁了宋金和约，兵分四路，发动了暴风骤雨般的第二次南侵。

赵构不得不下令应战，主张和解的秦桧尴尬地退居幕后，一个中国人家喻户晓的常胜将军重新走上前台。

四　常胜将军

说他重新走上前台，是因为此前他已在宋金战争中锋芒毕露。

他叫岳飞，比秦桧小十三岁，公元1103年二月二十五日出生在相州汤阴一个农民家庭。好在上天是公平的，它没有给岳飞一个幸福的童年，却给了他深明大义、富有远见的父母。即使是在生活拮据的时候，父母也没有耽误供他读书。

他最钟情的书籍是《左传》《孙子兵法》，他最喜欢的课外活动是武术。他有两个老师，一是周同，教他射箭；二是陈广，教他枪法。很快，他的武艺就达到了"一县无敌"的境界。

十九岁时，岳飞应募为"敢战士"，他的军旅生涯由此拉开了序幕。在宋军的最前面，一个年轻士兵跃马挺枪杀进敌阵，活像《第一滴血》里的兰博，动作如闪电，杀人不眨眼。

岳飞一生四次从军，足迹踏遍了黄河南北。后来他以收编的义军为班底，组织了一支以自己的姓氏命名的铁血军团——"岳家军"。这支军团制定了"冻死不拆屋、饿死不抢夺"的军纪，使军队所到之处秋毫无犯。这支军团将崇高的爱国主义精神和收复失地、洗雪国耻的强烈愿望深深地根植于每一位将士的骨髓之中，使所有将士以生命赌明天，虽九死而无悔。它一改宋军百年积弱、畏首畏尾的形象，表现出所向无敌、一往无前的气势，难怪对手发出了"撼山易，撼岳家军难"的哀叹。凭着这支铁血军团，他三十二岁就被任命为清远军节度使，成为终宋一朝空前绝后第一人。凭着这支铁血军团，赵构送给他一面绣着"精忠岳飞"四个大字的锦旗。凭着这支铁血军团，他身经一百二十六战从未失手，成为名副其实的常胜将军。

岳飞，还是一个立体的名字。当母亲生病时，他衣不解带，日夜守候在病榻旁，是其至孝的一面；面对秦桧等一批无耻之徒掀起的投降恶浪，他为了国家、民族、人民的尊严挺身独斗，是其至忠的一面；抓到敌人的俘虏却将其放归，抓到杀死自己亲弟弟的对手却劝其归降并任用不疑，是其至仁的一面；面对投降派的无耻主张，哪怕以生命为代价也决不妥协，是其至刚的一面；每当作战，必身先士卒、担当旗手，是其至勇的一面；在战争中见招拆招，屡出奇谋，是其智慧的一面。从此，一个集孝子、统帅、词人于一身，千古传诵、家喻户晓的英雄形象傲然出现在中华历史上。

面对金兀术的第二次南侵，以岳家军为代表的宋朝军队给予了迎头痛击。特别是当金兀术发明的"拐子马"（将三匹马连在一起，披上厚重的铁甲，冲锋起来有如现代的装甲车）使宋军吃到苦头的情况下，岳飞及时发现了"拐子马"的马腿未包铁甲的弱点，针锋相对地发明了"钩镰枪"（在一根长杆前装上一把镰刀，专砍"拐子马"的小腿，一马受伤，三马必翻），结果可想而知。

在宋军连续取得了和尚原、仙人关、顺昌、郾城、颍昌五次大战的胜利之后，金军完全为"壮志饥餐胡虏肉，笑谈渴饮匈奴血"的岳飞所慑服，做好了从河南撤退的准备。

五　历史不忍卒读

有利的战况传回朝廷，赵构却眉头紧锁，脸色阴沉。因为此时，远在金国的宋徽宗已死，但宋钦宗尚苟活于世。按照这种势头打下去，金国恐怕真的要送回钦宗。

赵构连下十二道金牌，催岳飞迅速班师回朝。岳飞的先头部队尽管已经进抵开封附近的朱仙镇，但其他各路宋军都已奉命撤退。万般无奈之下，岳家军只好忍痛班师。面对满目疮痍的中原，听着黄河轰鸣的涛声，岳飞心肝欲裂，涕泪满面："十年之功，废于一旦！所得州郡，一朝全休！社稷江山，难以中兴！乾坤世界，无由再复！"

波德莱尔说过："英雄就是对任何事都全力以赴，自始至终心无旁骛的人。"正因为心无旁骛，宋廷和金国都容不得岳飞。对于高宗来说，岳飞"迎二圣归京阙，取故地上版图"的宏愿正好戳在了他的痛处，因此他开始琢磨除掉岳飞；对于金国来说，有气吞山河如虎的岳家军在，他们休想有安宁之日，因此他们放出话来："岳飞不除，费尽周折刚有头绪的和议就可能变卦。"

一个想睡觉，一个送枕头，宋金一拍即合，秦桧再次登场。

公元1141年四月，岳飞、韩世忠的兵权被剥夺。七月，秦桧的死党万俟卨（mò qí xiè）弹劾岳飞延误军机，岳飞被罢官出朝。接着，秦桧又唆使岳家军将领王贵、王俊诬告自己的战友张宪图谋兵变。一切似乎顺理成章，岳飞及其养子岳云作为"张宪兵变"的旁证打入大理寺受审。

对于岳飞入狱，我们没有必要大惊小怪，因为只要你向历史请教一下便可以明白，超然于众人之上的英雄被人们嫉妒与诽谤，几乎成为中外历史一道司空见惯的黑色风景。

在当时的南宋，对此表示明显质疑的人并不太多，同时被罢官的韩世忠倒是其中的一位。一天，韩世忠为了岳飞之事当面质问秦桧，秦桧回答："飞子云与张宪书虽不明，其事体莫须有。"韩世忠愤慨地说："莫须有三字，何以服天下？！"

与岳飞同时代的"四名臣"李光、李纲、赵鼎、胡铨也还有些血性，李光因在赵构面前指责秦桧误国而屡遭贬谪，李纲因专主议战被贬，胡铨因请斩秦桧被罢官，赵鼎因反对和议绝食而死。

岳飞进入黑暗的牢狱，宋金和议的道路就顺畅多了。年底，著名的"绍兴和议"浮出水面。和议规定，南宋向金称臣，金册封赵构为帝；宋向金每年缴纳银二十五万两，绢二十五万匹；宋金东以淮水、西以大散关为界，唐、邓二州和商、秦二州之半划入金国。于是，金国同意送还赵构的母亲韦太后和已经死去的妻子邢秉懿及徽宗的灵柩，并承诺继续囚禁宋钦宗和其他所有亲王。

对弟弟的真实意图蒙在鼓里的钦宗，在送韦太后返国的时候，痛哭流涕地拉着太后的衣服不放："寄语九哥，吾若南归，但为太乙宫主足矣，其他不敢望于九哥。"

公元 1142 年八月二十三日，当赵构在临平镇与母亲抱头痛哭的时候，太后向儿子转达了钦宗的哀求，但赵构似乎没有听清，只是哭个不停。

就在这一幕"喜剧"发生半年前，南宋宣布和议完成的第三天（此时金朝一方的誓书还未签返），一个万家团圆的日子，即公元 1141 年十二月二十九日，岳飞被以"莫须有"的罪名杀死在临安大理寺，临死前他还在狱案上奋笔写下了"天日昭昭、天日昭昭"八个大字。

绝代将星陨落在了黑暗的天际，一曲激越悲凉的《满江红》伴他走完了三十九岁的短促行程。这颗将星陨落时，悲壮得犹如浪花飞溅，伤感得又像落英缤纷……

岳飞是一棵树，是一棵本可以参天的大树。可是他夭折了，因为南宋的天空没有阳光。作为一个斗士，他注定像蚕一样用生命结成雪白的茧，在茧成的那天羽化飞升而去；也注定像荆棘鸟一样，衔着锐利的荆棘，在只有一弯新月的夜晚，不断为理想而鸣唱，直到满嘴鲜血淋漓甚至生命的终结。

具有讽刺意味的是，闻听岳飞被害，金国如释重负，上下同贺；金营马放南山，刀枪入库；金将彻夜痛饮，额手相庆。

必须承认，岳飞死了，我们所有的石碑、庙宇、塑像、香火，都无法使他生还。秦桧死了，写一万本书责骂他，也不会惊动他不为人知的坟墓中的骨灰。好在历史是公正的，二十年后岳飞被宋孝宗平反，被谥"武穆"，秦桧改谥"谬丑"，岳飞被害的地方成为所有热爱自由胜过热爱生命的人们屏息瞻仰的神殿，就连作为金人后裔的乾隆帝也称赞岳飞"伟烈纯忠"。

一个民族热爱什么，反对什么，想变成什么或追求什么，往往从他们的庙宇中就能够找到答案。如今，在风景如画的西子湖畔，耸立着巍峨的岳王庙。庙里最引人注目的是"尽忠报国"的墓阙和岳飞那气吞山河的塑像。在他的塑像前，有四个黑黑的生铁铸像反剪双臂向他跪列，这就是秦桧、秦桧之妻王氏、秦桧的同谋张俊和万俟卨。为了防备如织的游人向四个跪像唾弃和撒尿，管理人员不得不用栅栏将他们圈起来。

据说，印刷中常用的一种字体，是由天资聪颖的秦桧发明的，按理说应该称为"秦体"，就因为秦桧臭名昭著，后人不再称秦体而名之为"宋体"。后来，民间有人将秦桧和王氏捏在一起放在油里烹炸，发明了长盛不衰、风靡全国的大众食品"油条"，也叫"油炸桧"。就连清朝乾隆年间的状元秦大士游览岳王墓后都感叹："人于宋后羞名桧，我到坟前愧姓秦。"

笔者以为，断头台上，一刀铡下，头滚得多远，血流得多少，已经无关紧要。可绑在耻辱柱上，公开示众，任人唾弃，那才是永恒的惩罚。

六　努尔哈赤

不管"绍兴和议"如何不平等，但总算使宋金双方有了近八十年的和平空间。从公元1135—1208年的漫长和平岁月里，金国掀起了一波波的汉化改革浪潮。可以说，女真人建立的金，外表上是赵宋王朝的死敌，内心却深切仰慕南宋，从政治经济、天文占测到编制历日、宫廷音乐乃至印刷纸币对南宋都一味模仿，恐怕这也是金国被元朝灭亡后能够东山再起的根本原因。

女真人的灾难来自成吉思汗。蒙古先是灭掉了金国的盟友西夏，又与南宋联合夹击金国。公元1234年，金国的最后一座城池蔡州失守，哀宗在幽兰轩中上吊自杀，照耀中国北方达一百二十年之久的金色太阳——大金国日落西山，被打散的女真人辗转返回白山黑水之间。

退居东北的女真人就像被浸泡过三遍的茶叶一样沉到了杯底，一时变得规行矩步，大气不出。元朝建立后设置了五万户府、东征元帅府监视女真人。明朝则在那里设立了奴儿干都司，把女真分成海西、建州、野人三大部落予以分化管理。

帆也有倒下的时候，但那不过是为新的远航积蓄力量。

一天，一个叫努尔哈赤的女真人走进了我们的视线。他出身于贵族世家，从他的六世祖开始就世袭明朝建州左卫指挥使一职。他小小年纪就失去了母亲。十五岁那年，后母的挑剔和冷遇迫使他和幼小的弟弟离家出走，投奔到外祖父门下。不久，外祖父被明朝辽东总兵李成梁杀害，努尔哈赤兄弟经过苦苦哀求才留下小命并沦为书童。少年的艰难经历，铸就了努尔哈赤坚强不屈的性格。特别是当他的祖父和父亲被李成梁误杀后，他不仅没有逃跑，而且径直来到辽东都司讨还公道。李成梁感到理亏，就给了他很多好处：敕书三十道、马三十匹、祖父和父亲的尸体、建州左卫都指挥使一职。

"过去的就让它过去吧！"愤恨难平但无可奈何的努尔哈赤开始致力于解决女真人内部的分裂，先后统一了除叶赫部以外的海西、建州、东海女真各部，使女真人实现了久违的团结。

为了使女真千秋万代永不变色，努尔哈赤决心改变使用蒙古文的历史。公元1599年，他将创造女真文字的重任交给了大臣厄儿得溺和刚盖。接到任务，两个大臣脑袋都愁大了。没有办法，只得硬着头皮向主子请教。只听努尔哈赤随随便便地说："一个阿字下面接一妈字，这不是阿妈（父亲）吗？厄字下面接一脉字，不就是厄脉

（母亲）吗？就用这种方法记录我们的语言，明白了吗？"

"嘛——"两个并不愚蠢的大臣赶忙爬起来"闭门造车"去了。不久，女真文字（后称满文）顺利诞生。

公元1615年，他又别出心裁地创立了八旗制度：以三百人为一牛录，五牛录为一甲喇，五甲喇为一旗，壮丁被分别组织在黄、白、红、蓝、镶黄、镶白、镶红、镶蓝八旗之中，出则为兵，入则为民，平时耕猎，战时出征，一个全民皆兵的军政体系刻进史册。

公元1616年正月初一，八旗贝勒尊奉努尔哈赤为大英明汗，建号大金国，史称"后金"，五十八岁的努尔哈赤登上汗位。他将明朝称为"南朝"，与大明唱起了对台戏。

公元1618年春，努尔哈赤誓师讨伐明朝，出征的理由为"七大恨"。父祖未损害明朝一草一木却被无端杀害为第一恨；明军践踏盟约出兵援助叶赫是第二恨；明朝扣我人质十一人逼我杀十人换回是第三恨；明朝支持本已许配给我的叶赫之女改嫁蒙古为四恨；明朝不让我民众在世袭土地上种田收割为五恨；我奉天命征伐叶赫明朝却遣使对我谩骂凌辱为六恨；明朝逼我把俘虏退还却转送叶赫为七恨。

义愤填膺的后金军人个个如狼似虎，他们接连攻下了抚顺、清河，迫使明朝调集明军、叶赫部和朝鲜援军共十几万人发兵攻金。

公元1619年，著名的萨尔浒战役拉开帷幕。

萨尔浒一战，努尔哈赤仅用五天时间就歼灭了十万明军，他集中兵力、各个击破，铁骑驰突、速战速决，诱敌深入、以静制动，亲临战阵、身先士卒的指挥艺术表现得淋漓尽致。之后，努尔哈赤乘胜灭掉了叶赫部，把都城迁到了刚刚攻占的盛京（今沈阳）。

一系列的军事胜利使努尔哈赤的头脑急剧升温，他在未进行认真准备的情况下，于公元1626年亲率十三万八旗大军杀奔沈阳通往山海关的咽喉要塞宁远。在努尔哈赤看来，荡平东北指日可待。

但中国乒乓球女选手杨影有句口头禅：胜利在望并不代表胜利在握。宁远尽管只有不足三万兵马，但临阵指挥的是明朝兵部主事袁崇焕。这位名将用佩刀刺破手指写下血书，誓与宁远共存亡。宁远军民为他的爱国热情所感动，全城百姓同仇敌忾，毁家相从，与宁远守军结成了一道坚不可摧的铜墙铁壁。

在宁远城下，努尔哈赤那套所向披靡的战车与步骑结合战术完全失效了。先是攻城的金兵在明军炮击下死伤惨重，后是明军把火药裹在点燃的被褥中扔下，将凿城的金兵烧死无数。三天过后，金军损兵折将，而宁远仍固若金汤。

努尔哈赤受了重伤，袁崇焕则一战成名。在凛冽的寒风中，努尔哈赤带着残兵撤回沈阳。遭受了巨大精神创伤的努尔哈赤一病不起，同年撒手人寰，享年六十八岁。

亚历山大曾经为自己的名声还未传遍世界而哭泣，努尔哈赤也为自己的理想未能顺利实现而懊恼，但他死而无憾，因为他明白：虽然成事在天，但"不做"比"不成"会留下人生更大的遗憾。

七　反间计

后金的重担落在了努尔哈赤第八子皇太极肩上。

受命于危难之中的皇太极两招就让明朝致命，而且全是阴招，一招比一招狠。首先，他于公元1627年发兵进攻明朝的忠实盟友朝鲜，将朝鲜完全控制在自己手中。两年后，他又采纳汉人谋士范文程的建议，用反间计使明朝失去了最后一根中流砥柱——曾让女真雄鹰努尔哈赤折断翅膀的袁崇焕。

一位明智的人利用他的敌人甚于一位愚蠢的人利用他的朋友。范文程的反间计其实并不高明，你想，如果皇太极和袁崇焕有里应外合的阴谋，能轻易让两位看守俘虏的普通士兵知道吗？即便是两个看守知道了机密，能轻易在一起议论，并且让两个被俘的太监听到吗？皇太极的俘虏大营距离明朝边境如此遥远，两个太监能那么顺利地回到崇祯帝身边吗？问题是，范文程最了解自己以前的主子——崇祯帝是一个猜疑心最重的人，他向来是"宁可信其有，不可信其无"的。

反间计获得成功，崇祯帝给袁崇焕罗织的罪名是图谋不轨，属十恶不赦之罪，刑罚是最为残忍的凌迟。当时的北京菜市口万头攒动，据说吃到袁崇焕的肉，就能证明自己是真正的炎黄子孙，还能治胆怯的毛病。前来观看凌迟并且买肉的百姓络绎不绝，致使这位著名将领的肉价一再攀升，达到了一钱银子一片。三天以后，只剩下骨架的袁崇焕在人们的唾弃中闭上了眼睛。

奄奄一息中的袁崇焕不用过于哀伤，想一想中国那坎坷而血腥的历史，真正的英雄何曾有过善终：变法的商鞅是被车裂的，小篆开笔人李斯是被腰斩的，书圣颜鲁公是被缢死的，四岁让梨的孔融是被斩首的，抗金的岳飞是被私下处死的，清白的于谦是被公开处斩的。要知道，毁谤往往会伤害最有能力、最有德行的人，正如鸟雀喜欢啄食最甜的果实。

他死后，他的尸首被分别扔掉，他的胞弟、妻子被流放三千里外，而他因为身后无子从此断了血脉。岳飞死后二十年便被赵构的儿子孝宗昭雪，于谦死后八年被明英宗的儿子宪宗平反，而袁崇焕却是在被磔（zhé）杀一百五十二年后由明朝的敌人——清帝乾隆公开平反。他可以瞑目了，历史也终于实现了实质正义，尽管方式如此荒唐。

袁崇焕死了，星象家却陷入了迷惑：为什么天上那颗星依然闪烁？

只有皇太极心知肚明，他窃喜明朝大势将去，开始筹划更大的战争。考虑到兵源不足，他将降服的蒙古人和汉人编为八旗蒙古和八旗汉军。公元1635年，女真将族名改为"满洲"（意为佛的化身）。

公元1636年四月二十一日，在群臣的一致推举下，皇太极即皇帝位。为了适应境内满洲、汉人、蒙古、朝鲜各族杂居的状况，也由于"岳飞抗金"的故事在汉人中妇孺皆知、刻骨铭心，他正式放弃了令汉人反感的大金之名，定国号为大清。他认为，若想灭亡明朝含义中的"火"，必须以含"水"的"清"为国名，诗经上就有"维清缉熙（明）"的句子。不想，这一可笑的理论竟然得到应验。

公元1641年，皇太极与明朝蓟辽总督洪承畴（chóu）率领的十三万大军在松锦展开决战。结果，明军损失殆尽，被俘后一度绝食的洪承畴最终宣布投降（据说是皇太极的庄妃到狱中探望了洪承畴，使之起了凡心）。

清朝逐鹿中原、定鼎九州已成水到渠成之势。

可是，连续的征战使皇太极精力尽失，他最宠爱的宸（chén）妃海兰珠又突然病逝，公元1643年八月一个星光黯淡的夜晚，皇太极在清宁宫内的御榻上离开了人世。

八　清军入关

翻开明末历史，一般人都会对崇祯帝朱由检给予同情。他接手的是一个烂摊子，满目疮痍，百废待兴。他先除掉了阉党首领魏忠贤，然后发出了"文官不爱钱"的号召并身体力行。他当政十七年宫中没有进行过任何营建，每月的饭费仅仅相当于前任皇帝的十分之一，还将皇帝穿衣一日一换的惯例改为一月一换，宫中的金银器具都替换成了陶器，为他讲课的大臣甚至看到过他的衬衣袖口磨烂，吊着线头。

尽管他颇有知其不可为而为之的气概，却是一个"孤独的牧羊人"。明王朝已像一位垂死的老人，四肢麻痹，指挥失灵，仅凭他一人毕竟无力回天。况且他生性多疑，色厉内荏，名将袁崇焕就是因他轻信谣言而杀，卢象升的战死则与他任命宦官监军有关，洪承畴贸然出战最终被俘就是为了被迫满足他急于求成的心理。当李自成兵临北京城下时，崇祯皇帝在前殿鸣钟召集大臣研究守城之法，结果竟无一人上朝。北京城下并没有发生预计的激烈战斗，彰义门是由一名太监主动打开的。守卫正阳门的兵部尚书张缙彦也开门迎降。

一道道城墙上虽然架着当时最先进的红衣火炮,但守城的明军只填火药,不装弹丸。分驻各地的明军,没有一支表示愿意勤王。

公元1644年三月十九日拂晓,头戴毡帽的李自成张着嘴巴进入北京,他实在弄不明白:这座挺过了瓦剌、满洲人猛攻的天下第一坚城,不到三天就被攻破了。攻击一个帝国的都城怎么比向地主的大门上撒尿还要简单?

就在同一天,在留下"任贼分裂朕尸勿伤百姓一人"的遗旨,将自己的爱女亲手砍杀(后来未死)之后,崇祯帝望着初现的晨曦,在万岁山(景山)寿星亭旁边那棵歪脖子树上上吊自尽。因自感无面目见祖宗于地下,所以死时以发覆面,这年他才三十四岁。史载,唯一见证了皇帝自杀惨状的太监王承恩,也在主子身边上吊自尽。

农民军进京后,逮捕了明朝山海关总兵吴三桂的父亲吴襄,命他给儿子写信劝其归附李自成。收到信后,失去主子的吴三桂一度动了归附的念头。但极其遗憾的是,因为李自成那几位没有头脑的部下,他们错过了亲密拥抱和充满激情的时机。

当吴三桂得知父亲被捉,家产被抄,特别是爱妾——"声甲天下之声,色甲天下之色"的江淮歌妓陈圆圆被李自成的大将刘宗敏霸占后,"痛哭三军俱缟素,冲冠一怒为红颜"。陈圆圆事件使历史的车轮顿然改辙换路,吴三桂将期待的目光投向关外的大清。

此时的大清皇帝，是上一年在叔叔多尔衮（满语含义是獾）支持下继位的顺治。就在这一历史转折关头，降清的汉人范文程劝说摄政王多尔衮趁农民军立足未稳之时攻取北京，取明朝而代之。一向敏捷果断的多尔衮也觉察到了这一天赐良机，因此打起为崇祯帝报仇的旗号，日夜兼程向山海关进发。三天之后，多尔衮遇上了迎降的吴三桂，两人在山海关以白马祭天，乌牛祭地，订立了同盟。

对清兵入关毫不知情的李自成，于公元1644年（甲申年）四月二十二日率二十万农民军在山海关下与吴三桂展开生死决战。一时间，被称为"一片石"的开阔地弥漫了如林的刀枪，如雨的马蹄，如雷的呐喊，如注的鲜血。激战到第二天，突然狂风大作，喊杀、马嘶、风吼、沙鸣混合在一起，雄壮而凄厉。两军相持不下时，明军阵中突然杀出扎着辫子的清军铁骑，农民军措手不及，阵形大乱，丢下大片尸体仓促退回北京。因为自感所剩兵力难以据守北京，大顺在北京仅仅停留了四十一天便仓皇撤离。

五月初二，多尔衮的大队人马长驱直入，顺利开进了梦中的紫禁城。从此，他们成为这个城市的新主人，一直在紫禁城的遍地金砖上徘徊了二百七十六年。

几个月后，顺治君临北京。十月初一，大清国举行了隆重的开国大典。顺治在文武百官的护卫下，来到天坛宣读告天礼文，正式宣告清朝对全国的统治。

大批女真人入关后，在黑龙江和吉林两个将军辖区内仍生活着若干生女真部落，他们就是今赫哲（意为"东方""下游"）族、鄂伦春（意为"住在山岭上的人"或"使用驯鹿的人"）族、鄂温克（意为"住在大山林中的人"）族的先民。

九　盛世阴影

从公元1661年康熙帝（玄烨）即位，历雍正（胤禛），到1795年乾隆（弘历）驾崩，清朝进入全盛时期，即所谓的康乾盛世。在这一百三十多年中，清平定了三藩叛乱，降服了台湾，统一了准噶尔部和回部，派驻藏大臣与达赖和班禅共同管理西藏，四川、青海、贵州改土归流，云南南部民族内附，最终奠定了统一的、多民族的国家版图。疆域西跨葱岭，西北达巴尔喀什湖北岸，北接西伯利亚，东北至外兴安岭和库页岛，东临太平洋，东南到台湾及钓鱼岛、赤尾屿等，南包万里长沙、千里石塘（指南海群岛），成为亚洲东部最大的国家。清朝的国土面积几乎超过明朝三百五十万平方公里的三倍，使疆域达到了一千二百四十万平方公里，耕地达九亿多亩，人口首次突破一亿大关。大清版图恰似一片和平宁静的海棠叶，逍遥地飘浮在太阳升起的世界东方。

但正午时分大树下的阴影最重。当"康乾盛世"的红漆招牌还未掉下，清廷就出现了诸多重大失误，为日后的没落埋下了伏笔。

第一，是对"西学东渐"的制止。明末清初，正值欧洲文艺复兴后期，大批传教士将领先世界的西方科学传入中国，史称"西学东渐"。应当说，这是落后的中国赶上西方的一次机遇。不幸的是，公元1720年朝廷下令驱逐传教士，关闭了中西交流的大门，中国科技的发展因此而窒息。

第二，是对科技的蔑视。终清一朝，弥漫着浓重的轻视和蔑视科技之风，把科技视为"形而下"，把发明称为"奇技淫巧"。明末清初已经引进并使用了西方大炮，但为使八旗兵弓马不致失传，清廷下令恢复大刀长矛弓箭，水兵仍用遇风返航的帆船，后来广州守将竟然用"驱邪"的马桶、秽物对付英国人，成为军事史上的天大笑话。

第三，是对思想的禁锢。康熙时期，明史案、南山集那一次次令人触目惊心的文字狱，不仅是康熙用刑严酷的标志，也是他加强思想统治，扼杀新鲜思想的明证。

第四，是对商业的歧视。商人运送商品往返各地的作用被看作是非生产性和寄生性的，他们被置于社会等级的最底层，统统被称为

"奸商"。《康熙字典》对商人的定义是："商人，伤人者也。"雍正更是反复强调："农为天下之本务，而工贾皆其末也。"

第五，是旗帜鲜明的闭关政策。公元1661年，朝廷诏令"片板不得入海，粒货不许越疆"，将滨海居民一律迁向内地，形成了数千里"沿海无人带"这一苍凉的世界奇观。对欧洲人一无所知，将他们统称为长鼻子蛮人。甚至一些官员以为西方人的膝盖不能弯曲，一旦弃船登陆后就变成了爬行动物，只能任人擒获到铁锅里去煮老汤。

第六，是至死仍赖在位子上不退的老人政治。汉武帝当政五十四年的纪录，居然被在位六十一年的康熙轻易打破了，乾隆只是因为不愿超越爷爷的纪录才装模作样地当了四年太上皇。老人政治的结果是故步自封，粉饰太平。在"万王之王"的气派中，那种把钱往水里抛的声音已经传入人们耳中。而在与乾隆同时代的美国，才连任两届且威望如日中天的开国元勋华盛顿主动卸任，返回弗农山庄务农，形成了总统连任不超过两届的惯例。

一切都在无声无息地腐烂，一切正走向无可救药的崩溃，角角落落都不断地增加着危机。很快，大清就迎来了鸦片战争、甲午海战、八国联军进北京，那是一段写满屈辱、被泪水浸泡、惨不忍睹的岁月，所以，心理承受力一般的我不想再写它。

公元1912年2月12日,隆裕太后替末代皇帝溥(pǔ)仪签署了大清最后一道上谕——《退位诏书》。统治中国二百六十七年的清王朝至此完结,秦始皇创造的两千一百三十二年的帝制也画上了句号。

迫于辛亥革命之时的反满、排满形势,也可能想冲一冲亡国的晦气吧,满洲贵族带头把姓氏改成了汉姓。皇族爱新觉罗氏改姓伊、肇、金、德、洪、海、依;八大姓中的钮祜禄(汉译为狼)氏改姓郎、卜、钮,佟佳氏改姓佟,富察氏改姓富,齐佳氏改姓齐,瓜尔佳(汉译为馆)氏改姓关,马佳氏改姓马,索绰罗氏改姓索,纳拉氏改姓那。另外,叶赫氏改姓叶,赫舍里氏改姓赫,伊尔根觉罗氏改姓赵。今天的满族人已经遍布大江南北、长城内外,在册人口一千零四十三万。

如今,当一个和你一样穿着、一样姓氏的人,煞有介事地告诉你,他是满洲八旗子弟时,你千万不要大惊小怪。

第二章　朝鲜——傲雪迎春的金达莱

　　人类凭着自己的聪明划出了一道道界限，最后又凭着爱，把它们全都推倒。

——德国作家　歌德

在满洲尚未入关的年代，他们的身边有一个血统相近的民族——朝鲜。那里，有风景如画的三千里锦绣江山。

一　他来自商朝

司马迁的《史记》记载，公元前十二世纪，周武王发起了灭商之战，殷商危在旦夕。一个月黑风高的夜晚，商纣王的大臣箕（jī）子率五千商朝遗民逃出朝歌，风尘仆仆、日夜兼程奔向遥远的朝鲜。

据韩国和朝鲜史学家推测，朝鲜人是亚洲北部大陆的阿尔泰语系各民族在向朝鲜半岛北部持续迁徙过程中形成的。在神话传说中，朝鲜的建国史可以追到檀君。传说公元前2333年，天神桓雄和"熊女"的后代檀君王俭在今平壤建立了王俭城，创立了古"朝鲜国"——檀君朝鲜。神奇的是，1973年朝鲜平安南道德川郡胜利山发现的旧石器时代遗址——德川人遗址（十万至四万年前）和胜利山人遗址（四万至三万年前），印证了神话传说的可信度。

而据现代史学家考证，朝鲜人的祖先是被称为濊（wèi）、貊（mò）、韩的三个部落集团。濊族自远古时期就居住在渤海岸边，他们建立的政权叫朝鲜；貊族居住在濊族以北，扶余和高句丽是他们的政治家园；韩族居住在今朝鲜半岛南部，他们最早的政权叫辰国。

当箕子到来前，朝鲜其实已经有了许多较为原始和散乱的政权。

肯定是从政经验帮助了他，在箕子逃到朝鲜北部后，被当地人接纳并奉为首领。周武王夺取天下后，得知箕子在朝鲜领衔，便给了他一个仅次于公的称号，封他为朝鲜（朝阳鲜明之意）侯，史称"箕子朝鲜"。

后来的朝鲜史书《三国遗事》也记载，檀君的后人在箕子来到朝鲜后，带着部属南迁，成为三韩的始祖。

二　汉字传入新罗

让我们跳过秦时明月、汉时烽烟以及南北朝的喧嚣，来到伟大而粗犷的隋唐——因为这里涉及朝鲜文字与姓氏的起源。

一直以来，中国和它最为要好的近邻朝鲜根本就没有多少隔阂，也不存在什么领土争端。只是，当霸道的国王横空出世的时候，所有的邻居都会成为出气筒。中朝之间最早爆发的战争，就发生在巨人症患者——隋唐时期。

隋文帝统一中原后，动员三十万大军进攻高句丽，但遭遇了惨败。隋炀帝认为父亲之所以战败，主因是交通不便，供应不畅，因此征发数百万民工，开通了一条纵贯南北的大运河。尽管有运河作保障，但因为战线漫长、地形不熟，加上高句丽众志成城，隋炀帝三次东征均以失败告终。而且，凿河与东征耗尽了隋朝的精力，也榨干了百姓的油脂，各地英豪揭竿而起，最终埋葬了穷兵黩武的隋帝国。

获胜的高句丽未雨绸缪，从公元631年开始，仿照中国人的模式，历经十六年，筑起了一条从扶余城到渤海沿岸的坚固城墙——千里长城。高句丽此举，不仅显示了他们御敌于国门之外的雄心，也改变了只有中国皇帝才有气度兴修长城的历史。

而且，通过政变上台的高句丽大将军泉盖苏文，与百济、蒙古结成了统一战线，于公元643年发兵侵入唐朝的保护国新罗，还拘留了唐朝派出的一名调停战争的使者。于是，心高气傲的唐太宗步隋炀帝后尘，也连续发起了三次东征，尽管他的亲密顾问长孙无忌、褚遂良一再以炀帝的教训提醒他。

人在自以为至真至善至美时，其实是在制造一场骗局，因为世界上压根就没有什么常胜之人。唐太宗的结局与隋炀帝惊人地相似，丢下的尸体比隋炀帝还多。三次东征的失败，给唐太宗辉煌的人生蒙上了浓重的阴影，年仅五十一岁的他开始神经衰弱。虽然他早年曾屡次嘲笑那些执迷不悟地寻求长生不老妙药灵丹的帝王们，但现在为了减轻病痛，也找来一位印度巫师为自己治疗，并迷恋上了方士炼制的金丹，第二年就因服药过多中毒暴亡。临终时他留下了两条著名的遗嘱：一条是将王羲之的《兰亭集序》真迹和自己埋在一起，另一条就是再也不要去进攻那个魔咒般的高句丽。

人们大多追求飞扬的人生，其实平凡才是人生的底色。继任者唐高宗天资平平，在唐史上以性格懦弱著称，政绩根本无法与父亲唐太宗相比，但正是这种平凡迷惑了不少敌人。在对付高句丽的问题上，他利用三国鼎立的形势，巧妙地采取老掉牙的远交近攻游戏，联合新罗对百济和高句丽各个击破，从而取得了意想不到的收获。公元666年，泉盖苏文突然病死。两年后，高句丽首都平壤陷落，三十万高句丽人被迁往中原，一个有两万驻军的"安东都护府"在平壤设立。

因为新罗已经表示臣服，也因为唐朝驻军不堪民众骚扰，唐朝于公元676年把安东都护府撤回了辽东，新罗的统一得到了保证，且整整维持了两百余年。

正是在对唐朝表示臣服的新罗时期，汉字逐渐传入新罗，中国式姓氏也在七世纪开始形成。据韩国最早的史书《三国史记》记载，一天，金光四射的南瓜般大小的蛋状物从天而降，一个相貌非凡的男孩破壳而出，他就是新罗的始祖朴赫居世（朴意为南瓜，赫意为光辉灿烂)。之后，又有了新罗的第四代昔氏、第十三代金氏。那些以学习唐朝文化为荣的王公贵族也纷纷开始使用中国姓氏。据公元1985年普查，韩国有二百二十五个姓氏，仅金、李、朴三姓就占总人口的46%。

三　藩属中国

正如《三国演义》里所预言的，"天下分久必合，合久必分"。两百年后，新罗再一次戏剧性地一分为三，即新罗、后百济、高丽（后高句丽），朝鲜历史进入了"后三国时代"。公元936年，高丽国王王建统一了朝鲜半岛。

高丽王朝的历史相当漫长，历经中国五代、宋、元、明四朝，前后相沿四百七十四年，不能不说是一个非凡的纪录。这一时期也是朝鲜半岛经济文化大发展时期，因而高丽能够名扬四海，以至于今天的朝鲜英文名仍称"KOREA"。

在中国北方的契丹、蒙古崛起后，高丽注意用金钱买和平，纳贡之后的边界曾经一度平安无事。但公元1225年胡作非为的蒙古使节在鸭绿江边被杀事件，导致蒙古和高丽的邦交骤然断裂。

六年之后，蒙古飓风席卷了朝鲜半岛，高丽首都被围，国王崔瑀向蒙古人乞和。蒙古军队除带走了大量"贡品"外，还在各地设置了达鲁花赤（蒙古地方官）。蒙军刚刚撤走，高丽国王就处决了达鲁花赤，并匆忙迁都江华岛，试图以海上的优势对抗不善水战的蒙古人。于是，蒙古人卷土重来，此后二十年间六次入侵高丽，对半岛大陆的烧杀抢掠到了令人发指的程度。而拥兵数万避匿海岛的高丽王室，对陆上居民的苦难几乎视而不见，对侵略者采取了不战不和的鸵鸟战术。

丧失民心的崔氏朝廷于公元1258年被武臣推翻，王室从江华岛迁回开城，公开表示不再抗元。高丽用政治上的屈服换取了大元的罢兵承诺，元在开城设置了征东行省，由达鲁花赤监督国政。

为表亲善，大元皇帝将公主嫁给了高丽国王，高丽国王将王子送到燕京作为人质，年年向"岳父国"进贡，还奉命派水军参加了忽必烈对日本的远征。

历史终于等到了蒙古人的撤退。在元朝被赶到漠北以后，明太祖决定收回辽东的大元辖地，但高丽权臣崔莹拒绝归还，还不顾改革派武臣李成桂的反对，命令曹敏修、李成桂抢先发动对明朝的进攻。高丽军队在渡过鸭绿江，攻占了几个战略要地后，借口河水暴涨停止了进攻。李成桂清醒地认为，一旦明军集结完毕，高丽军队必将陷入苦战，于是向朝廷提议班师。班师的请求报到国王那里，遭到了权臣崔莹的断然拒绝。进退两难的李成桂与曹敏修暗地结盟，毅然率师回京。

回到京城，李成桂就将国王和崔莹赶下台，扶植国王年幼的儿子为昌王。公元1392年，李成桂借用中国的"禅让"制，让昌王之后的恭让王把王位让给了自己，迁都汉城。次年，李成桂以"朝鲜、和宁等国号奏请明朝"，朱元璋赐李成桂为朝鲜王，高丽改称朝鲜。

雨与雨诉说忧伤，一定是泪流成河；月与月评论快乐，将处处星光灿烂。背靠中国这棵大树，"李氏朝鲜"一直高枕无忧。

四　万历援朝战争

打断李氏朝鲜美梦的，是隔海相望的邻居——日本。

禁锢在小岛上的日本，面积只有三十七点七万平方公里，耕地只相当于美国耕地的百分之二，人口却以每年五十万左右的速度增长。世界上所有漂亮的言辞、所有的条件、所有的宗教都改变不了这样一条亘古不变的法则——我很强壮，但饥肠辘辘。美国最合他们的胃口，但美国太远；澳大利亚更远，而且荒无人烟。相比之下，朝鲜近在咫尺，与日本只隔着一道一百六十四公里的对马海峡。

已经完成列岛统一的日本，在权臣丰臣秀吉的怂恿下，于公元

1592年派出十五点八万雄师，偷偷渡过对马海峡，在朝鲜釜山登陆，悍然发动了全面侵朝战争。因公元1592年是夏历壬辰年，所以朝鲜史学家称之为壬辰卫国战争。

此时的李氏朝鲜内部勋旧派与士林派党争剧烈，国家武备废弛，因而日本陆军不到二十天就接连攻克了王京（今首尔）、开城、平壤，朝鲜国王宣祖逃到鸭绿江畔的义州。

陆上捷报频传的日本人，却在最擅长的水上遇到了挫折。其实人们往往不是跌倒在自己的缺陷上，而是跌倒在自己的优势上，因为缺陷常常给人们以提醒，而优势常常使人忘乎所以。早在战争开始前，敌强我弱的海上形势逼迫朝鲜大胆创新，朝鲜水师统帅李舜臣主持建造了一种被称为龟船的新型战舰，它用硬木制成，船面覆以铁皮，状如龟背，船头设有炮眼，两舷配备火铳，使得此船矛利盾坚，独领水上风骚。在日本舰队进入朝鲜水域后，李舜臣率龟形舰队连连出击。日本对这些闻所未闻的"怪物"无从下手，很快就损失了两百艘战舰，水师主力基本报销。丧失了制海权的日军，因缺少兵源和补给，在占领平壤后不得不停下来休整。

朝鲜在拼死抵抗的同时，向宗主国明朝紧急求援。院倒屋危，唇亡齿寒。明神宗朱翊钧深知日本的下一个目标就是中国，因而接受了朝鲜的派兵请求，在派出的五千精兵被以逸待劳的日本人吃掉后，又于年底前派出五万大军增援。中朝联军汇成一股滚滚洪流,向日军发起了势不可当的冲击,日军丢下上万具尸体,从平壤一直退却到釜山。

如果换了有些大国,可能会趁此良机,把锦绣图画一样的朝鲜一口并吞。然而明朝却命朝鲜国王不必内迁,还都王京。听到这个消息,朝鲜国王像中了彩票一样大喜过望。

接下来是长达四年的马拉松和谈。其实,日本人真正的目的是诱使明朝撤军并伺机反攻。在明军撤回国内后,日本散布的关于李舜臣的小道消息不胫而走。公元1597年初,朝鲜国王中计,下令将李舜臣逮捕入狱,让平庸的元钧接管水军。日本再无顾忌,立即发动了二次进攻。

一头狮子领着一群羊,个个是狮子;而一群狮子被一只羊领着,个个就成了羊。八月,曾经让日本吃尽苦头的朝鲜龟形水师,在新将领元钧的统率下几乎全军覆没,全罗道地区沦入敌手,朝鲜又到了生死存亡的关头。

日本人所采取的计策名叫"反间计",发明者是中国兵圣"孙武"。而且不久以后皇太极也曾经用过。当皇太极被明末军事天才袁崇焕折磨得一筹莫展时,便祭起了《孙子兵法》中的这一计策,尽管掘地三尺也找不到证据,但偏执与自负的崇祯帝还是将其千刀万剐，以至于后来无将可用，一败涂地。日本的反间计也得逞了，但朝鲜国王还没有幼稚和固执到崇祯那种程度，李舜臣只是被下狱并没有被砍头。同样是中流砥柱，他显然比三十年后的袁崇焕幸运得多。在朝鲜水师丧失殆尽的时候，朝鲜国王如梦方醒，赶紧让李舜臣官复原职，去收拾那个只剩下十二艘破船和一百二十名水手的烂摊子。另一个明智决定是，朝鲜国王再次要求明军驰援。

明神宗立即派兵部尚书邢玠率四万大军入朝参战，第二年又派水师与李舜臣的小舰队会合，战局开始向有利于中朝联军的方向发展。公元1598年，丰臣秀吉病死，内忧外患的日军仓皇退却。中朝军队乘机反攻，并在朝鲜南部海面拦住了拼命逃窜的日军主力，一场令海天变色的海上决战上演了。

李舜臣和七十二岁高龄的明朝水军将领邓子龙身先士卒，视死如归。在惨烈的炮战中，中朝军队并肩战斗，生死与共。邓子龙的战舰被击中起火，李舜臣亲自指挥旗舰赶来救援。李舜臣左胸被流弹击中壮烈牺牲，邓子龙也血洒海疆。两位中朝人民的优秀儿子，用大无畏的死圆了一腔爱国梦。

英雄的死，震撼了全体将士并决定了战争走向。此次海战，中朝联军共击沉日舰四百五十艘，歼灭日军一万五千人，给了日军毁灭性打击，丰臣秀吉的如意算盘与其亡灵一起消失在了茫茫大海间，他生前写给小妾浅野氏的"我定要在白发全生之前征服唐（指大明）"的豪言从此成为千古笑料。

公元 1599 年五月，明神宗下诏，通告了这次援朝战争的经过，其间说："义武奋扬，跳梁者虽强必戮！"这句话与汉将陈汤所说的"明犯强汉者，虽远必诛"异曲同工。

这是日本第一次侵略朝鲜，也是中国第一次保卫朝鲜，战争历时七年。日军撤退后，中国军队也随之撤退。这是历史上国与国之间最标准的无私援助，明朝将士的鲜血洒遍朝鲜半岛，而最终却一无所求。

尽管朝鲜保住了，但战争带来的创伤却一时难以抚平，不计其数的朝鲜流民逃亡中国东北。明朝，是朝鲜人大量移民中国东北的开始，今吉林延边朝鲜族自治州的朝鲜族，大多是明清时期的移民。

五　中日再战

对于人类来说，传统永远是一座金山，但传统并不都是金子。近代朝鲜与他的宗主国大清一样，一味采取"锁国攘夷"政策，掩耳盗铃，得过且过，企图以高墙和海禁阻止列强入侵。

公元 1868 年，作为朝鲜宿敌的日本发生了彻底改变国家命运的事件——明治维新。君主立宪制带来的社会生产关系，使它在短短二十年间就发展成了一个具备资本主义一切政治经济特征的崭新国家。特别是发生在大清国土上的鸦片战争，使隔岸观火的日本人明白了一个道理：避免外国入侵的最好办法，并非提心吊胆地关起国门，而是不遗余力地发展自己。与大清"海禁"恰恰相反，明治天皇即位当天就宣布："开拓万里波涛，布国威于四方。"这个国策渐渐演化为更加务实的"大陆政策"：侵占朝鲜进而控制满蒙，最后占领中国。

公元1875年九月，日本利用朝鲜外戚闵氏专权、大院君被迫引退的混乱时机，派出军舰驶入江华海峡寻衅闹事。次年一月，日本政府以江华岛事件为由，派出七艘战舰到朝鲜示威，要求赔偿日军损失。面对日本的强盗逻辑，失去大清保护的朝鲜被迫与日本签订了《朝日修好条约》（即《江华条约》）。条约否定了大清对朝鲜的宗主权，将朝鲜划入了日本的势力范围。公元1884年，日本又精心策划了名为"甲申之乱"的排华政变，政变后的朝鲜"请"日军入卫王室。

公元1894年，即甲午年。朝鲜东学（流传于朝鲜南部的宗教）教徒发动起义，朝鲜国王请求大清出兵帮助镇压，日军也按照条约不请自到。起义平息后，日本继续增兵朝鲜，并在牙山口半岛海面炮击清军运兵船"高升"号，公开向大清叫板。大清忍无可忍，被迫应战。

甲午战争全面爆发，朝鲜则充当了看客。日军以优势兵力围攻清军驻守的平壤，清军统帅叶志超主张逃跑，被山东籍回族将领左宝贵派人看管起来。日军对平壤发动总攻时，左宝贵带病站在玄武门城楼上指挥战斗，不幸中炮倒下。再也无人约束的叶志超得以弃城逃跑，群龙无首的清军四处溃散，平壤落入敌手，清军在第一个回合中不仅输了城池折了兵马更重要的是丢了气势。

两国水师的对决在黄海上演，日本舰队率先向大清北洋舰队发起攻击，尽管水师中贪生怕死之辈寥寥无几，尽管刘步蟾、邓世昌等将领拼死抵抗，没有资金购买弹药的北洋舰队还是败下阵来，日本联合舰队五艘重创，北洋舰队五艘沉没。舰队随后遵照清朝命令躲进了威海卫军港，把制海权拱手交给了并没有取得全胜的日本人。

两战两胜的日军于十月下旬兵分两路侵入中国东北，一路从朝鲜偷渡鸭绿江，攻占安东、九连、凤凰城；一路从辽东半岛的花园口登陆，攻占大连、旅顺，并实施了惨绝人寰的屠城。

次年一月，日本陆军在联合舰队的掩护下，从荣成包抄了北洋海军基地威海卫的后路，奉命躲进军港的北洋水师被日本海陆军瓮中捉鳖，提督丁汝昌自杀，清朝苦心经营多年的北洋舰队全部丧失。

日本指名要李鸿章出面谈判，李鸿章乖乖地来到马关与日本首相伊藤博文签署了丧权辱国的《马关条约》。被日本狂人行刺受伤后仍不得不在条约上签字的李鸿章，事后发出了"天下最难写的字是自己的名字"的哀叹。翻开沾满中国人血泪的《马关条约》，第一条就是清朝承认日本对朝鲜的控制。

六　落入虎口

十九世纪已经逐页逐页地翻过，现在只剩下最后一个自然段。

大清惨败之后，朝鲜第二十六代国王高宗李熙和实际专权者——以明成皇后闵妃为首的外戚集团对中国彻底失去了依附的信心。他们看到日本在俄国的干涉下被迫将辽东半岛交还中国，因此暗中倒向俄国。

灾难随之降临。公元1895年十月八日拂晓，日本公使三浦梧楼率领日本士兵、浪人，挟持国王之父大院君李昰应冲入皇宫，在乾清宫杀死了四十四岁的亲俄派首领明成皇后，并将其惨无人道地裸体焚尸。而她的丈夫——国王李熙只能眼睁睁地在一旁哭泣，还被迫签署诏书将她废为庶人。这种血腥场景在中外历史上极其罕见，因此以这一情节为主加以演绎的韩国影片《明成皇后》得以火爆韩、中。

宫中的亲俄派势力被清除,亲日派占了上风。

此后,日本和俄国为争夺朝鲜展开了你死我活的斗争,旷日持久的日俄战争也以日本胜利而告终。看看日本三十三年来的巨变,你就不会对袖珍日本的胜利感到奇怪了:公元1866年,日本还是一个相当于欧洲中世纪的民族,是一幅有着田园风光的古色古香的漫画;到了公元1899年,它已经成了一个彻底西方化了的民族,同最发达的欧洲列强处于同等水平,而且远远超过了俄国。

获胜后的日本与俄国在公元1905年签订了《朴次茅斯和约》,其中一条是俄国"承认日本国于韩国之政事、军事、经济上均有特别之利益,如指导、保护、监理等事,日本政府视为必要者即可措置,不得阻挠干涉"。日俄条约签署后两个月,日本特令全权大使伊藤博文正式就任韩国"统监府"第一任统监,成了事实上的韩国总督。

公元1907年,不甘心做亡国之君的李熙得知了"万国和平会议"在荷兰海牙召开的消息,派亲信一品官李㑺为密使赴会寻求西方支持。但与会各国不愿开罪日本,于是向高宗拍电报确认代表身份。韩国电信权早已落入日本手中,询问电被日方扣留。伊藤博文派日军在宫门外广场鸣炮威胁,又闯入王宫强迫李熙发电否认曾派使前往海牙。李熙被迫发电,被骂成"骗子"的李㑺在和会上悲愤自杀。"密使事件"后,伊藤博文强迫李熙让位于太子,由自己任太师。皇太子纯宗李坧即位，高宗成为太上皇，被日军监视居住于庆云宫内。

公元1909年十月，伊藤博文与俄国财政大臣到哈尔滨修订日俄密约，被口呼"独立万岁"的韩国义士安重根在哈尔滨车站击毙。公元1910年八月，日本新任"朝鲜统监"寺内正毅与韩国傀儡总理李完用秘密签订了《日韩合并条约》，规定"韩国皇帝陛下将关于韩国全部之一切统治权完全让与日本国皇帝陛下"，韩国皇帝、太上皇和皇太子被授予日本皇族的身份，高宗的封号降为"德寿宫李太王"，韩国被日本完全吞并。这使我想起了中国诗人田间的一首抗日诗歌："假使我们不去打仗，敌人用刺刀杀死我们，还要用手指我们的骨头说：'看！——这是奴隶！'"

公元1919年一月十二日，已被废黜但仍是朝鲜象征的李熙被日本人在红茶中放入砒霜毒死。消息传来，举国震恸，群情激愤，朝鲜民众于三月一日通过了《独立宣言》，掀起了全国性的暴动浪潮，斗争席卷了二百一十八个府郡，参加群众达两百万以上。尽管运动最终被镇压下去了，却迫使日本人把对朝鲜的"武断政治"改为了"文化政治"。

日本人的"文化政治"并不"文化"。日本人明白，要灭其国必先灭其文。因此，总督府于公元1911年颁布新的教育法令，除设立少量的公立学校进行奴化教育外，将两千多所私立学校裁减到六百多所，绝大部分学龄儿童被剥夺了学习机会。从公元1938年开始，所有学校的朝鲜语课程被逐步取消，课内课外只能讲日本语，学生还被迫每天大声朗读以"吾等乃大日本帝国之臣民，齐心协力尽忠天皇陛下"为主要内容的《皇国臣民誓词》。更有甚者，日本于公元1939年强制朝鲜人"创氏改名"，将单姓改为日式"复姓"，如金姓改为金村、金田、金本，崔改为山田，安改为安日，朴改为朴本，李改为李本，妇女则在原名之后像日本女人一样加个"子"字。

而且，日本的崇武本性并没有丝毫改变。他们在占领中国东北后，为了维持庞大的军费开支，变本加厉地榨取朝鲜的血汗，不仅强征数万青年从军和担任民工，甚至强征二十余万名朝鲜女子充当慰安妇。

在看不到星光的漫漫长夜里，丧失了主权的朝鲜人开始了新一轮更加强烈的独立追求。金日成创建了朝鲜人民军，金九等人在中国上海成立了临时政府，更多的仁人志士来到中国白山黑水之间，加入了东北抗日联军。金日成曾任抗联第二军第三师师长，而李红光（抗联一军参谋长）、金策（抗联三军政治部主任）、李福林（抗联一军一师师长）则先后牺牲。

烈士已经长眠，他们却向死而生。当逝去的生命被纳入漆黑的彼岸，灵魂却结晶成雪白的燧石。被追忆和崇敬所激活的火花，与我们鲜活的生命同在。

七　北纬38度线

公元1945年二月的雅尔塔，一个鲜为人知的所在，美苏英三国首脑在这里秘密召开会议。就是这次被后人认为加快了二战结束进程的会议，中国和朝鲜的利益被分割与出卖，中国的外蒙古被酝酿独立出去，朝鲜则将在战后被美苏分别托管。

而朝鲜却蒙在鼓里。随着日本无条件投降，金日成领导的人民军与苏军联合解放了朝鲜北部的庆兴、罗津、清津等地，迅速向南推进。

此时美军尚在日本冲绳，根本来不及抢占朝鲜地盘。于是，美国紧急拟定了一个以北纬38度线为界、美苏分区接受日本投降的方案。苏联不好违反雅尔塔会议的秘密分赃决议，只好同意了这一严重无视朝鲜独立与完整愿望的折中方案。就这样，美苏两国私自划分势力范围的结果，将一个完整的朝鲜一刀两断。如果稍有理智，人们就不难预见到这条线的悲惨后果。它将成为北南双方永远互相仇恨、互不信任的借口，两个国家无论哪一个强大起来，都会拼命摧毁另一个。

美国通过38度线的划定，于九月在朝鲜登陆，实现了垂涎百年的梦想。之后，美国组织成立了临时政府，组建了军队，然后于公元1948年操纵了南朝鲜国会选举，公布了《大韩民国宪法》，宣布成立了大韩民国政府，扶植亲美的李承晚为首任总统。

与之针锋相对，北朝鲜劳动党在苏联支持下，也于公元1948年选举产生了最高人民会议，通过了《朝鲜民主主义人民共和国宪法》，宣布成立了朝鲜民主主义人民共和国，金日成任内阁首相、国家元首。

由此，朝鲜从两个受降区演变成了两个占领区，最终成为两个对立的政治实体。38度线以北的朝鲜有面积十二点三万平方公里，38度线以南的韩国面积为十一万平方公里。在美苏两国的导演下，朝鲜北南双方的相互敌对和残杀开始了。

八　抗美援朝

立刻，三千里锦绣河山上空腾起硝烟。

公元1950年六月二十五日，朝鲜内战爆发。美国操纵联合国安理会在苏联代表缺席的情况下于二十七日通过了武装干涉朝鲜战争的决议。同一天，美国总统杜鲁门一面命令海空军直接介入朝鲜战争，一面命令第七舰队进入中国的台湾海峡，将朝鲜国内战争演变成了世界性战争。

初期，战事呈一边倒状态，朝鲜人民军有十个师十三万七千人，而韩国军队仅有九个师九万八千人。朝鲜人民军一路凯歌，短短两个月就将韩国军队赶到了大邱、釜山一隅，朝鲜的胜利似乎指日可待。

九月十五日，朝鲜半岛阳光灿烂。这一天，美国集中二百六十多艘军舰、五百多架飞机，掩护七万多步兵，在仁川登陆。

美军从仁川登陆恰似二战中的诺曼底登陆，大大出乎常人的意料，堪称战争史上的又一个经典。因为这里位于朝鲜半岛中部，可谓朝鲜人民军的死穴，一旦登陆成功，朝鲜人民军的退路就会被拦腰截断。由于朝鲜人民军主力在与韩军作战，美军几乎未遇抵抗就成功登陆。

两周后，美军占领汉城，使朝鲜人民军处在了南北夹击之中，战局急转直下。十月二日，美军悍然越过38度线，二十一日攻陷朝鲜首都平壤，将战火烧到了鸭绿江边。朝鲜首相金日成在请求苏联出兵未果的情况下，向中国政府发出了紧急求援电。

当时新中国刚刚成立，连绵一百多年、令人民困顿不堪的内外战争硝烟还未散尽，国民经济亟待恢复和建设，特别是出兵朝鲜直接意味着解放台湾的计划将被搁置起来。但中国政府毅然接受了朝鲜的出兵请求。一夜之间，一句震撼人心的口号以类似于光的速度传遍千山万壑、大江南北："抗美援朝，保家卫国。"

志愿军何人挂帅？因为对手是在欧洲战场所向披靡的美军。毛泽东想到了常胜将军粟裕，粟裕跃跃欲试但久病不愈。第二个人选是身经百战的林彪，但林彪以神经衰弱为由婉言回绝了。接下来的人选是彭德怀，出乎毛泽东意料的是，这位快人快语的老乡痛快地接受了"抗美援朝"志愿军司令员一职。

公元1950年十月，以彭德怀为司令员兼政委的中国人民志愿军，辖十三兵团所属三十八、三十九、四十、四十二军及边防炮兵司令部所属炮兵一、二、八师，浩浩荡荡跨过鸭绿江，秘密开赴朝鲜前线。志愿军与朝鲜人民军并肩作战，连续发动了五次大规模的战役，五战皆捷，到1951年六月已经推进到"三八线"附近，收复了朝鲜北部的全部领土。

最残酷、最著名的战斗发生在公元1952年十月的上甘岭。美军发动了金化战役，企图夺取中部战线战略要地五圣山，迫使中朝军队后撤，造成谈判桌上的有利地位。上甘岭位于五圣山南麓，其南面的597.9高地和537.7高地北山，是我五圣山主阵地前的两个连的支撑点，总面积大约三点七平方公里。如果把五圣山比作坐下的一个巨人，那么两个高地则是巨人伸出的两只脚，这两只脚已经踹到敌人防御阵地中腹，可以俯瞰金化一线的纵深并威胁金化以北的交通，地理位置显而易见。敌人先后投入六万多兵力，向上甘岭投下五千多颗炸弹和一百九十万发炮弹，岭头被削低了两米多，全岭成为一片冒烟的焦土，被迫转入坑道的志愿军战士，克服了缺粮、断水、少氧的严重困难，硬是坚持了半月之久，最终配合大部队发起反击，取得了上甘岭战役的胜利。美韩付出了两万五千余人的代价，志愿军也牺牲了一万一千五百多人。四川籍战士黄继光以胸膛堵枪眼的壮举，就发生在此次战役中。

黔驴技穷的美国被迫于公元1953年七月二十七日在板门店签署了《朝鲜停战协定》。联合国军总司令、美国陆军上将克拉克在回忆录中说："我是历史上第一个在没有胜利的停战协定上签字的美国司令官。"而志愿军司令员彭德怀的话更是语出惊人："西方侵略者几百年来只要在东方一个海岸上架起几尊大炮就可以霸占一个国家的时代，一去不复返了。"

战争停止后，美国军队仍留驻韩国，而中国却一兵不留地全部撤退。除了抛洒鲜血和供应物资之外，中国仍然一无所求。

九　长白杜鹃

随着抗日战争的结束，每一个落居东北的朝鲜人都面临着何去何从的艰难抉择。许多人回到了朝鲜半岛，也有许多人留了下来，因为他们已经熟悉了这片抛洒过热血与汗水的美丽土地，因为早在1928年的中共六大上，中国共产党就把"满洲之高丽人"正式列为中国境内的民族，与蒙、回、苗、黎、西藏、新疆和台湾人并列。

新中国诞生前夕，时任中共延边地委书记、公署专员的朱德海作为十名少数民族代表之一参加了全国政协第一届全体会议，并参加了开国大典。从此，一百二十万东北朝鲜人成为真正意义上的中国公民。

1952年九月三日，一个令无数朝鲜人欢欣鼓舞的日子。延边朝鲜民族自治区成立大会在延吉市举行，朱德海当选为自治区主席。1955年，国务院改自治区为自治州。今吉林延边朝鲜族自治州，地处美丽的长白山区，有人口约二百一十五万，其中朝鲜族约七十八万。

这里大概是中国日出最早的地方。每天清晨四点半左右，当中国的绝大多数地区还酣睡在梦里，延吉就会有一群群白袍飘逸的朝鲜族女子沐浴着晨光疾行在宽敞的街道上，也会有一排排花团锦簇、嫣红似火的金达莱沾露含笑点缀在路旁。那林立的楼宇、静谧的公园、诗意的剧场、如水的车流昭示着：这里，是一个远离了战火、抛却了歧视、荡漾着和平、沸腾着希望的所在；这里，是各族人民特别是历尽苦难的朝鲜族人民安居的天堂。

　　2009年四月，我有幸进入长白山区。长白山巅白雪皑皑，绿色的天池冰封如镜，而素有"高山花园"美誉的长白山西坡，却有无数高山杜鹃成坡谷、成群落绽放着，茎横卧、枝斜伸，花色从乳白到淡黄，娇嫩艳丽，晶莹欲滴，与银色的山巅连为一体，成为早春壮丽的花海。据导游介绍，这种花，汉族人叫它映山红，朝鲜族叫它"金达莱"，象征着坚贞、顽强的民族精神。

第三章　蒙古——席卷欧亚的狂飙

拼杀冲锋时,要像雄鹰一样;高兴时,要像三岁牛犊一般;在明亮的白昼,要深沉细心;在黑暗的夜里,要富有韧性。

——奇渥温·铁木真

曾记否，一支草原骑兵在十三世纪席卷了欧亚也踏平了朝鲜，然后在半岛上派驻了一批拥有"达鲁花赤"奇怪称呼的官员。他们就是凌空翱翔的草原雄鹰——蒙古人。

一　童年的记忆

传说天地分离之后,太阳有了两个女儿。黄河注入东海之后,世上有了第一叶轻舟。

一天,太阳的两个女儿并排坐在轻舟上,一路观赏着琼花瑶草,有说有笑地来到神州。

姐姐嫁到南方,南方山清水秀。

妹妹嫁到北方,北方牧草流油。

过了一年,姐姐生下了一个婴儿,用丝绸给他做成襁褓。因婴儿出生时"唉咳""唉咳"地哭喊,所以把婴儿叫作孩子,取名"海斯特",意为"汉族"。又说,婴儿出生时手里握着一把泥土,所以长大后种植五谷。

又过了一年,妹妹也生下了一个婴儿,用毡裘给他做成襁褓。因婴儿出生时"安呀""安呀"地哭闹，所以把婴儿叫作安嘎，取名"蒙高乐"，意为"蒙古族"。又说，婴儿出生时手里攥着一把马鬃，所以长大后从事放牧。

这个美丽传说所昭示的，是蒙汉民族同生共存的永恒期待，是民族团结的浓重情谊，是超越自我的伟大情怀。由此可见，蒙古族和汉族一样，是一个抛弃狭隘自我、主动拥抱世界的伟大民族。

这个伟大民族的祖先属于东胡系，名叫室韦，室韦译成汉语就是森林。显然，这是一个发源于额尔古纳河边丛林的渔猎民族，是森林和大河伴随了他们的整个童年。

公元七世纪，室韦的一个分支——蒙兀室韦在铁木真的始祖孛儿帖赤那（蒙古传说中的苍狼）率领下，离开额尔古纳河西迁到今蒙古的鄂嫩河、克鲁伦河、土拉河源头——不儿罕山（肯特山）放牧。

由幽静森林来到广阔草原的蒙兀室韦，被迫接受一个又一个草原帝国的号令，先后成为突厥、回纥、黠戛斯、契丹的臣属，被主人起名蒙古，突厥语的意思是天。

蒙古部在公元十世纪衍生出乞颜、扎答兰、泰赤乌等氏族。而他们的身边也是部落林立：有今内蒙古呼伦贝尔市南部至内蒙古锡林郭勒盟北部的塔塔儿部，呼伦湖东南的翁吉剌部，靠近长城的汪古部，贝加尔湖以南的篾儿乞部，叶尼塞河上游的斡亦剌惕部，杭爱山和肯特山之间的克烈部，阿尔泰山以东的乃蛮部。因不堪辽国的重压，他们结成了以塔塔儿为首的"反辽联盟"，公开与主人对峙。

公元十二世纪，蒙古部在合不勒统领下异军突起，首次使用了可汗称号。对此，金国"以夷制夷"，挑起了塔塔儿部与蒙古部的战争。合不勒汗战死，他的弟弟俺巴孩不幸被塔塔儿人捕获献给了金国，被金国钉在木驴上缓慢而痛苦地死去。合不勒的三子忽图剌为替俺巴孩复仇，对塔塔儿人发起了疯狂进攻。他屡败屡战，直至战死疆场。

公元1162年秋，墨玉般晶莹的草原开始泛黄，泪花般闪亮的鄂嫩河缓缓流淌。

随着一声响亮的啼哭，一个男孩降生在穹庐中。听到喜讯，男孩的父亲——蒙古乞颜氏族首领也速该匆匆赶回大帐。"给孩子取名铁木真（意为精钢）吧！"因为这位父亲刚刚在战争中俘获了一个名叫铁木真兀格的塔塔儿酋长。

从此，这个被新中国缔造者毛泽东誉为"一代天骄"，被《华盛顿邮报》评为公元第二个千年头号风云人物的蒙古人，向我们走来。

二　铁血英雄

磨难好像是专门用来对付伟人的。

九岁那年，铁木真随同父亲到母亲所属的弘吉剌氏族去挑选妻子。后来，他的父亲一个人返回部落。在路上，父亲加入了一群塔塔儿人的野炊。铁木真兀格之子扎邻不合认出这位不速之客就是从前俘虏自己父亲的蒙古首领，便偷偷在他的食物中掺入了毒药。回家不久，父亲就毒发身亡。就这样，人生的第一次打击——"丧父之痛"无情地降临在他的身上。

父亲的亲属和支持者纷纷离去，只剩下母亲诃额仑带着他们兄弟四人在鄂嫩河上游自谋生路，落到了靠捕鱼和挖草根维持生计的艰难境地。他真切地体味到了什么叫"世态炎凉"。

成年后，他的人生有了一些转机，还娶回了素有"草原美人"之称的妻子孛儿帖。然而不久，他在一次战争中意外受挫，损兵折将不说，妻子竟然被篾儿乞人俘虏。为了报复当年铁木真的父亲抢走篾儿乞人首领赤烈都的新娘诃额仑，孛儿帖被赏给了赤烈都最窝囊、最懦弱、长得恰似车祸现场一般的弟弟赤勒格尔。从此，"夺妻之恨"无时无刻不在撕扯着铁木真滴血的心脏。

在血与火的洗礼中渐渐成熟的铁木真开始走向成功，有了自己的地盘，自己的联盟，更重要的是有了一批生死相依的铁杆盟友。然而，人生对他的考验并未结束。他最信任的安答（结义兄弟）——札木合背叛了他，从背后给了他致命的一击。他差点命丧黄泉，许多部下被用大锅活烹。"盟友背叛",给他上了人生最残酷的一课。

没有经历过炼狱般的磨炼,怎能练出创造天堂的力量?没有流过血的手指,怎能弹奏出世间的绝唱?于是,他变得铁一般硬,钢一样强,开始成为一只凌空翱翔的雄鹰,在搏击长天的同时播撒烈烈扬扬的生命意志;开始成为一匹信步草原的头狼,将正直、英武、狡猾和无情不可思议地集于一身。正因为如此,他才能在接下来的岁月里见招拆招,遇难呈祥,抢回妻子,杀死叛徒。

到公元1206年,强大的克烈部、泰赤乌氏族、塔塔儿部、汪古部、吉尔吉思被逐一征服。铁木真已经成为蒙古草原实际上的主人。

他已经不缺权力和兵马,缺的只剩下公众的认可。于是,蒙古大忽邻台(部落议事大会)在神圣的不儿罕山召开,会议宣布成立伊克·蒙高勒·兀鲁思(大蒙古国),推举铁木真为大可汗(意为君主),尊称成吉思(原意为海洋,引申为强大或天)汗。

功成名就的他清醒地认为,孤家寡人是建立不了旷世伟业的。因此,他把蒙古划分为九十五千户,授予了共同创业的贵族和功臣。建立了一支多达万人、由大汗直接控制的常备武装,由他最信任的博尔忽、博尔术、木华黎、赤老温担任护卫长。在未来的日子里,蒙古"四杰"成为他那蒙古狂飙的四翼。由此可见,英雄的史诗是由众人谱写的。而英雄本身的经历,也是他之所以成为英雄的不可或缺的条件。

而且，英雄不再蒙昧。这位蒙古英雄还借助畏兀儿俘虏，创制了畏兀儿蒙古文和法典《大札撒》。从此，蒙古以另类的方式走上世界舞台。

三　独步天下

有人说，历史书籍几乎都是用红墨水书写的，人类的历史说穿了就是一部血迹斑斑的战争史。

蒙古也不例外。因为成吉思汗几乎就是征服者的代名词。

据说他曾这样说："人类最大的幸福在胜利之中：征服你的敌人，追逐他们，夺取他们的财产，使他们的亲人流泪，骑他们的马，拥抱他们的妻子和女儿。"

之所以没人怀疑他的话，是因为他拥有"大言不惭"的本钱——"闪电战"。当时的蒙古骑兵一身轻装，只带用来盛水和渡河的皮囊。他们能在马背上假寐，必要时昼夜行军，环境许可就换马继续前进。有时几个月没有食物，全靠牝马的乳汁和猎取的禽兽为生。他们惯以数个纵队协同作战将敌方包围，如果敌方拼命抵抗则撤退，敌方稍有松懈就卷土重来，攻城之后不惜烧杀以警告此后借助城池顽强抵抗的敌人，这或许就是蒙古铁骑兵威所至、望风披靡的直接原因。

不客气地说，若是中原的汉唐完全可以制服他，强盛时期的阿拉伯人也能阻止他。然而，十三世纪的欧亚出现了强权真空。中原已经分裂为三个小国：金国、南宋和西夏。西面是松散的喀喇汗国，再向西是外强中干的花剌子模，然后就是走下坡路的阿拔斯王朝。

从公元 1205 年开始，成吉思汗先是迫使西夏献上了公主，然后击败了金国，攻占了朝鲜并将喀喇汗国踏在脚下。这时，蒙古人已经挥动着"上帝之鞭"接近花剌子模边境。成吉思汗并不想立即进攻这个远方邻居，他还派出一支和平使团于公元 1218 年春出使该国。

意外发生了。一支四百五十人的蒙古贸易商队在花剌子模城市讹答剌被当地守将抢劫，商队成员全部遇难。成吉思汗立即派出一支使团要求归还货物，引渡罪犯。但花剌子模根本不把远方的蒙古放在眼里，外交使团正使被轻蔑地处死，副使被侮辱性地烧掉了胡须。要知道，两国交战不斩来使，是世界性的惯例。据说，国王做出决定时，没有一位大臣表示异议哪怕提醒一下。连普通的船夫都清楚，所有人都站在一边并不一定是好事，特别是当他们都站在船的一边的时候。

成吉思汗被激怒了。第二年夏天，他派出一支二十万人的骑兵军团，无情地横扫了高傲而无理的花剌子模，四十万花剌子模军队居然不堪一击。富饶且古老的布哈拉、撒马尔罕、巴尔赫惨遭劫掠，熟练的工匠被送往东方的蒙古充当劳役。

作为花剌子模国王摩诃末，在中亚可是个说一不二的人物。但是，不知天远就不知地阔，不知山高就不知水低。当成吉思汗光着膀子出现在擂台上，摩诃末方才意识到自己与这个蒙古人根本不是一个级别。于是，他选择了逃命，马不停蹄地逃到里海的一座小岛上，并最终死在那里。摩诃末的儿子则向东逃入了印度，但在印度河上游又被无情的蒙古骑兵击溃，只得继续向德里逃窜。

按说，成吉思汗该回家了。

但每个人心中都有一个舞台，心有多大，舞台就有多大。蒙古人关于"天下"的概念，远远超过了汉唐所能梦想到的范围。于是，成吉思汗没有满足在中亚和印度取得的惊人胜利，转而"西北望，射天狼"，大举进军高加索。在那里，蒙古人做了欧洲骑兵的老师，首先击败了格鲁吉亚人，随后打垮了数量占绝对优势的八万俄罗斯军团，基辅被夷为平地。

为实现永久占领，成吉思汗将所占领土分封给了诸子：今咸海、里海以北归长子术赤，畏兀儿与河中之间的西辽故地归次子察合台，今新疆额敏以北的乃蛮故地归三子窝阔台。

听说附属国西夏接纳仇人并不服征调，成吉思汗将术赤留在钦察草原，自己率兵东归教训西夏。六十五岁高龄的成吉思汗落马负伤仍带头冲锋陷阵，终于赢得了歼灭西夏主力的灵州战役，使西夏只剩下首都中兴一座孤城。

鉴于西夏已经成为釜底游鱼、瓮中之鳖，成吉思汗留下部分军队围攻中兴，自己于公元1227年初率军进入金国作战。流火的艳阳、连续的征战令成吉思汗落马负伤的旧病突然加重，不得不在清水县行宫——六盘山凉天峡停下来"避暑"（实为养病）。

我记得传说中有一种鸟，一生都在不停地飞翔，从不落地休息，落地的时候也就意味着死亡。七月，成吉思汗已经一卧不起，自知大限已到的他，将三子窝阔台和幼子拖雷叫到枕边，面授了灭金和灭夏大计："可向宋借道伐金，宋与金是世仇，必定会应允，那就可以直指金都汴京。金都危急，必定征召驻守潼关的精兵，这时迎头痛击远来疲军，必能大胜。""我死后要秘不发丧，待西夏国主在指定时刻出城时，立即将他们全部消灭。"

一轮如血的残阳落下了，带着成吉思汗不死的梦。

战争的发展进程，与成吉思汗的设计惊人地一致。遵照成吉思汗的遗嘱，金、夏被顺利消灭。同样遵照他的遗嘱，他的遗体被送回蒙古故土，埋葬在不儿罕山的起辇谷。陵墓向北深埋，以万马踏平。

多少年过去了,人们根本找不到他的陵墓。据日本历史学家推测,他的陪葬品极其贵重和丰厚,足够现在的蒙古人坐吃上百年。而我们今天所看到的位于内蒙古鄂尔多斯(意为宫殿所在地)草原的成吉思汗陵,在实质意义上只能算是一座人造景观。

四　接班人的故事

说到继承人,读者有必要听一个经典的故事。

说的是金秋季节,两个孩子到林子里玩耍,偶然发现了一颗成熟的核桃。于是他们争着去摘,张三抢先把核桃摘了下来,李四却说是自己发现的,两人争吵了很久也无法为核桃的归属达成一致,最后只得让年长的王五为他们评判。王五砸开核桃硬壳,取出果仁,然后说:"核桃硬壳的一半归摘到核桃的张三,另一半归发现核桃的李四,而核桃仁作为我解决这次争吵的报酬。"末了,王五大笑着说:"这就是争吵最容易出现的结局。"

接下来的故事如出一辙。

早在成吉思汗活着的时候,他的长子术赤和次子察合台就围绕大汗继承权展开了争斗。老二公开质疑老大的血统——他提醒人们注意,哥哥术赤是在母亲孛儿帖被篾儿乞人俘虏一段时间逃出来不久出生的。

如果不是这样,为什么父亲为他取名术赤(意为不速之客)呢?他进一步发挥说,我们能让蒙古死敌篾儿乞人的后代继承汗位吗?!

争吵随之发生,兄弟之间的矛盾达到了不可调和的地步。其情其景恰如那两个争夺核桃的孩子。

在众声喧嚣中,沉默是最大的音响。在老大和老二都要求老三表态的时候,老三保持了最大限度的沉默。

在没法进行 DNA 鉴定的年代,谁又能证明老大的确不是篾儿乞人的血脉呢?让老二继承汗位吧,老大又断然不会答应。左思右想,犹豫再三,成吉思汗提出了让因保持沉默越发显得稳重的三子窝阔台继承汗位的折中方案。老大、老二有苦难言,只得服从,这就是争吵的代价,也是必然的结局。

为了防备节外生枝,成吉思汗临终前再次将儿子们叫到身边,重申了"将帝国钥匙交到窝阔台手中"的决定。

汗位空缺两年后,迟到的大忽邻台于公元 1229 年秋召开。尽管有人主张根据旧制立在蒙古本土监国的幼子拖雷为大汗,但此时术赤已死,察合台又全力支持窝阔台,拖雷孤掌难鸣,窝阔台终于如愿以偿。

窝阔台是成吉思汗诸子中最明智的人。他行动笨拙,生性随和,仁爱和善,广播恩惠,他的宫廷几乎成了普天下的庇护所和避难地。

他接受了契丹人耶律楚材"天下虽得之马上，不可以马上治"的忠告，兴办国学，考试儒生，封孔子五十一代孙孔元措为衍圣公。他将被征服地区划为十路，每路都派驻蒙古官员和内地文人管理。中原群众因此逐渐接受了这位有些和蔼的统治者。

窝阔台没有故步自封，他的扩张野心只是稍逊于父亲罢了。按照父亲生前的规划，他与南宋联合发动了灭金战争，最终于公元1234年攻克了金国的最后城池蔡州（河南汝南）。与此同时，蒙古军队侵入高丽并迫使他们投降，七十二名达鲁花赤被派往高丽担任监督。公元1236年，他以术赤的次子拔都为统帅，以速不台为主将的十五万大军，开始了至今令俄国人刻骨铭心、耿耿于怀的世纪征伐，保加尔人的卡马突厥国被扫平，俄罗斯草原上的钦察人或投降或远遁，阿兰人的蔑怯思城被攻占，罗斯公国的一系列城市于公元1240年前被洗劫和摧毁。远方的李烈儿（波兰）和匈牙利也受到疯狂的蹂躏。如果不是窝阔台于公元1241年十二月去世，蒙古人回到故乡奔丧并争夺继承权，欧洲人的灾难还不知延续到何时。

五　钓鱼城惊魂

听到父亲暴毙的噩耗，长子贵由急忙从遥远的欧洲率直属部队回师蒙古。轰轰烈烈的西征被迫中止，拔都将部队撤回到了伏尔加河东岸，而速不台、蒙哥则一直赶回蒙古参与汗位争夺。

由于贵由一时赶不回来，窝阔台的遗孀乃马真被委任为摄政。尽管拔都一再在汗位继承上制造麻烦，五年后的大忽邻台还是在乃马真的力争下推举贵由为第三任大汗。公元1248年初，贵由以巡视世袭领地为借口率大军西进，此行的目标肯定是拔都。但贵由行进到距离别失八里还有一天路程时突然死去，蒙古皇族之间的一场内战从而避免。据推测，他肯定是死于无度的酗酒和旅途劳顿，年仅四十三岁。

贵由死后，他的遗孀斡兀立·海迷失宣布摄政。她很想延续婆婆乃马真的风采，把汗位传给窝阔台系的一位王子，要么是贵由的儿子和侄子，要么是自己年幼的儿子。但是，她在犹豫。

生活如同一根燃烧的火柴，当你四处巡视以确定自己的位置时，它已经点完了。就在那位女摄政举棋不定时，她的对手拔都和拖雷的遗孀已经联合起来。他们不顾女摄政的反对，连续操纵召开了两次大忽邻台，最终于公元1251年宣布拖雷的长子蒙哥为大汗。那位犹豫不决的女摄政被剥光衣服投入井中，女摄政的小儿子被放逐草原，贵由的儿子和侄子全部被杀。

新上台的大汗蒙哥沉默寡言，头脑冷静，既是一位严厉而公正的管理者，又是一位勇敢而坚强的战士。他完全恢复了成吉思汗建立起来的强权，禁止成吉思汗封地上的首领们与中央政权一起分享税收，又一次成为蒙古世界唯一强大的君主。

然后，他为蒙古几乎停止的征服战争注入了新的活力。他于公元1252年派五弟旭烈兀和先锋怯的不花发动了对今伊朗、巴格达和叙利亚的西征，拒不投降的阿拔斯王朝都城报达（巴格达）被攻克。同时，蒙哥派四弟忽必烈与大将兀良哈台于公元1257年攻入南诏都城大理和安南都城河内，迫使两国承认了蒙古的宗主权。

随后，蒙哥发动了对宋朝的三面夹击。他令兀良哈台进攻桂林和长沙，令忽必烈进攻鄂州（今湖北武昌），自己亲率主力逼近四川。在他眼里，生猛的金国都不堪一击，况且是白嫩纤弱的南人？"十年之内必定灭宋"，发这个宏愿时，他肯定留有余地。

但经常走夜路的人，难保不碰上鬼。就在一个鲜为人知的地方——四川钓鱼城，也就是合州府所在地，蒙古人遇到了从未有过的抵抗。没有攻守兼备的军队固然是一个遗憾，但当最强攻击去攻击最强防守，最强防守去抵御最强进攻，也算得上战争史上的终极对决。眼下，是蒙古证明自己才是普天下最锐利攻击手的时刻；也是钓鱼城的设计者和守卫者证明自己才是最坚固防守者的时候。最极端的两极，站在了战争的擂台上，以东邪与西毒华山论剑的方式载入了史册。

此后半年，蒙军连续强攻钓鱼城，使这里成为血腥的"绞肉机"。其情景恰似春秋末年鲁班和墨子的那场赌博式的攻守演习。公元1259年八月十一日，身先士卒的蒙哥被宋军的抛石机击中，骤然陨落。

这一偶然的事件永远地、彻底地改写了历史。因为蒙哥的意外阵亡，进军四川的蒙军被迫护送蒙哥的灵柩北还，正在围攻鄂州的东路军指挥忽必烈为了争夺汗位连忙撤军北去，一路凯歌的兀良哈台也在忽必烈的接应下从长沙北返。其直接的后果是，蒙古灭宋战争戛然而止，南宋得以苟延残喘二十年之久。

后果远不止此。已经横扫了西亚，正在巴勒斯坦与埃及作战的蒙军大帅旭烈兀立刻东归，留下部将怯的不花和五千名士兵在那里作战，最终被埃及人击溃。以后，蒙军再也没有打进非洲。

概率论的创立者之一、法国人帕斯卡尔说过，假若克娄巴特拉的鼻子再长或再短十分之一英寸，整个人类特别是埃及的历史将变得不同。

六　统一中国

魂断合州的蒙哥生前没有来得及对继承权做出安排。因而，蒙哥的四弟忽必烈和六弟阿里不哥展开了你死我活的争夺。

形势对阿里不哥十分有利,因为蒙哥去世时,忽必烈仍在南方征战,支持忽必烈即位的仿佛只有远在波斯的五弟旭烈兀,而阿里不哥奉命留守和林,管理留守军队及斡儿朵,还得到了皇后及钦察汗国、察合台汗国的支持。

但忽必烈并不死心,他同意了南宋贾似道的讲和,顺利地从前线抽身,于公元1260年春天抵达内蒙古开平,被部分蒙古贵族推举为大汗。与此对抗,阿里不哥在和林被另一些蒙古贵族推举为大汗。

两派随之开战。忽必烈占据着中国北方,有着充足的军事资源;阿里不哥统治着蒙古草原,靠中原和中亚输送供给。在忽必烈切断了中原到草原的运输线后,阿里不哥唯有依靠中亚的察合台汗阿鲁忽为其提供军资,但糊涂的阿里不哥与阿鲁忽在税收上发生了争执,致使阿鲁忽倒向了忽必烈,战争的天平迅速倾斜,阿里不哥不得不于公元1264年向哥哥忽必烈投降,并在几年后不明不白地死去。

早在公元1260年,踌躇满志的忽必烈就首次踏上了北京这块风水宝地。之后,他批准了水利工程学家郭守敬提出的放弃金朝燕京莲花池水系,引高梁河水系进入积水潭(北海)的设想,在被自己放火烧毁的燕京东北积水潭东岸,花十年时间建设了一座方圆六十里的新都。这一非凡的举动,一方面避开了叛乱诸王的威胁,另一方面显露了志在灭宋、一统天下的雄心。公元1271年，忽必烈宣布改"大蒙古"为"大元"（取《易经》"大哉乾元"之意），新都改称大都。

尽管忽必烈一直寻求所有蒙古人对他的认同，但他终生只是蒙古各汗国名义上的君主，他的权力仅限于中国的一部分。曾经支持阿里不哥的钦察汗国在忽必烈胜利后并不服气，察合台汗国的海都一直是忽必烈的死敌，伊儿汗国尽管承认忽必烈但基本保持了自治。

面对如此格局，忽必烈把统一中国作为人生的最大目标。公元1267年，忽必烈发动了全面侵宋战争。

蒙古人充其量只有几百万，而宋朝军民是他们的十几倍，如果加上蒙古骑兵的因素，最起码双方也应该势均力敌吧。但如果你看过《草原帝国》中的一个例子，就不会对此大惊小怪了：说的是蒙古入侵河中时，一个蒙古骑兵碰到了一个汉族百姓，让他趴下受死，那个河中百姓堪称良民楷模，当场乖乖地趴下等死。但这位蒙古骑兵碰巧没带兵器，就命令这位百姓继续保持卧姿，然后回帐篷取兵器。有人见了，让他赶快逃跑，他说：我不敢。结果坚持到蒙古人回来，一刀砍死了他。试想，有这么多奴性十足的百姓，汉人政权焉能不败？

其实，沿江据守且人众粮丰的南宋并非不堪一击，元朝也没有多少速战速决的资本。问题还是出在南宋本身。

在忽必烈北归的日子里，一位宋朝大臣将忽必烈撤退的功劳据为己有。他叫贾似道，是南宋一朝仅次于秦桧的奸臣出于自身地位的考虑，贾似道开始迫害所有在抗蒙前线立下战功的将军们，把他们撤职、查办甚至砍头。大将们被一一干掉，小将们开始惶惶不可终日，一位小有名气的将军干脆投降了蒙古人。

这位名叫刘整的将军向忽必烈献上一计："若得襄阳，就可以沿汉水东下，整个两浙如探囊取物，宋国可平。"这是一道击中南宋要害的毒计。五年后，元军攻克襄阳，一脚踢开了南宋的大门。

襄阳的失守宛如一声惊雷，滚过死水一般寂静的临安城，朝廷上下惊慌失措，度宗在惊愕之余加倍地纵欲，第二年就英年早逝，死时三十三岁。年仅四岁的太子赵显被扶上皇位，七十岁的太皇太后谢道清临朝听政。又过了一年，贾似道率领的十三万宋军被元朝击败，贾似道在革职流放途中被杀死，太皇太后和赵显向元朝无条件投降。投降后的太皇太后来到大都的正智寺削发为尼，在孤灯木鱼的陪伴下终了余生。那位小皇帝也被忽必烈废去帝号软禁起来，后被放逐到遥远的吐蕃出家为僧，五十三岁那年因为在诗中发牢骚被元朝赐死。

南宋还在苟延残喘，大臣陆秀夫、张世杰、文天祥、陈宜中扶持赵显的两位异母小兄弟赵昰（shì）、赵昺（bǐng）先后称帝，在东南沿海苦苦支撑了五个年头。随着丞相文天祥被元军逮捕，宋朝这驾破败的马车终于走到了历史的悬崖边。

坏消息接踵而至。曾经让蒙哥汗折戟沉沙的钓鱼城，终于在公元1279年正月开城降元。

最为惨烈的一幕终于上演。二月，走投无路的陆秀夫先逼着妻子跳海自杀，然后将九岁的赵昺用匹练和自己束在一起，把黄金玉玺坠在腰间，在崖山从容跳入大海，完成了舍生取义的最后一个规定动作，立国三百二十年之久的大宋终于悲壮地消失在汹涌的波涛中。

就这样，全国统一在了蒙古人手下，历史成全了忽必烈。

七　退回大漠

翻开中国历史，我们不难发现一个相似的现象：凡是王朝的创立者，总是一个有才干、有魄力的活动家。但是几代以后，播下的仍是龙种，收获的却是跳蚤。在宫廷环境中成长起来的皇子皇孙们，往往变得软弱无力、放荡不羁。虽然有时会有一个强悍的君主或精干的大臣来设法阻挡这种堕落，但总的趋势是一路下坡，直到血腥的起义或政变推翻王朝，重新开始大家熟悉的循环。

元朝也不例外。在忽必烈将首都从马蹄声碎的哈剌和林，迁到临近长城的开平，继而迁到树绿山青的北京宫殿中之后，草原雄鹰渐渐变成了宫中阔少。除了忽必烈的孙子铁穆耳尚算贤明外，其余的大汗皆软弱无能，形同虚设，宫廷内还不断传出自相残杀的消息。从忽必烈去世的公元1294年到最后一个皇帝即位的公元1333年，皇帝走马灯般换来换去，三十九年先后有九位皇帝即位，其中有两位皇帝在位时间不足两月。末代皇帝妥欢帖睦尔在位时间最长，但他滥行赏赐，挥霍无度，在黄河连年泛滥的情况下，仍支持权臣脱脱进行"变钞"和"开河"，于是引发了由治河民工韩山童、刘福通领导的红巾军起义。

在这次风起云涌、英杰迭出的起义浪潮中，乞丐、和尚出身的汉人朱元璋统一了各支起义武装，于公元1368年初在应天（今南京）建立了大明，在北伐檄文中发出了"驱逐胡虏，恢复中华，立纲陈纪，救济斯民"的号召。同年夏天，明将徐达率领北伐军进逼大都，惊恐万状的妥欢帖睦尔不顾群臣劝阻，在晚上偷偷打开健德门，经居庸关逃向上都（今内蒙古多伦）。从此，蒙古人又"自由"了。

"自由"后的蒙古人在熟悉的老家建立了所谓的北元。至此，统治中国近百年的元朝宣告结束，蒙古势力退回到长城之外。

蒙古人被驱逐出中原，幽幽紫塞被重新建起，万里屏障重新把两个文明分割开来。尽管他们同生在一块大地上，有着共同的基因，但还是无法相互宽容，和平共处，而是势同水火，泾渭分明。其实，元朝给了中国一个十分难得的让草原和内地融为一体的机会，但当时谁也没有珍惜它。随着元顺帝逃回大漠，中国又回到了原来的出发点。

不仅是忽必烈亲手创立的元朝衰亡了，术赤的次子拔都在俄罗斯建立的钦察汗国、察合台的后裔在新疆建立的察合台汗国、窝阔台的后裔在中亚和新疆建立的窝阔台汗国、旭烈兀在伊朗建立的伊儿汗国也都渐渐落伍了。究其原因，首先在于自身文化影响力不足。蒙古人人数太少，入主中原后，更多地采用了比自己民族更具影响力的语言、宗教、文化，从而弱化了自身的特点。如伊儿汗国被伊斯兰教同化，钦察汗国接受了东正教，元朝接受了儒家学说并沿袭了汉人的统治制度和生活习性，只有蒙古本土仍保持着纯蒙古血统。但在那里，他们所信仰的宽容与平和的佛教教义使其扩张性格得到了抑制，从此变得温顺而且沉沦。

经济原因在蒙古人的衰落中同样不容忽视。作为一个处于狩猎经济时期的民族，不可能具备他们侵入的农业文明地区的先进经济观念。每征服一个地方，他们总是烧掉城池和在废墟上按照蒙古人的审美情趣建造城市。他们不重视农耕，不懂得经商，吃尽了苦头才聘请回族人阿合马负责聚敛钱财。没有先进的经济基础，就无法建立起与之相适应的先进的上层建筑。一个经济落后的政权，光靠几队骑兵怎能长期横行？

还有一个问题万万忽视不得，那就是蒙古人落后的分封制度。成吉思汗的统治形式像埃及金字塔和罗马山丘一样古老，他采取中国春秋时期就已经证明弊大于利的分封制度，将夺取的土地人为地分割给儿子们。到了他的孙子，恶果就显现了，忽必烈与弟弟阿里不哥争夺汗位的斗争将蒙古人分成了两大阵营。后来，伊儿汗国的旭烈兀进攻伊斯兰教的哈里发政权时，与已经皈依伊斯兰教的钦察汗国发生争执，导致无法抽身支援在叙利亚被围歼的军队。之后，窝阔台汗国的海都又与忽必烈爆发了四十年的内战，最后以双方各自为政而告终。内部争斗使四个汗国互不统属，互不增援，以致后来被各个击破。

说穿了，任何一个军事帝国从来就不会维持长久。帝国越大，正规军的人数就会越多；军队的人数越多，留在家中耕田放牧的人就越少。在后勤和军费不足的情况下，他们只有对境内的平民敲骨吸髓，或者通过军事行动到邻居那里抢夺。到头来，内部分崩离析，外部四面树敌，直至陷入万劫不复的深渊。

读到这里，我们不妨得出这样的结论：一切的征服、占有终究会走向丧失。占有与丧失的尴尬对峙，使生活沦为一种在其形式后追赶而永远找不到这种形式的运动。从这个意义上说，每个人都是追日的夸父，终将渴死途中。

八　"土木之变"

妥欢帖睦尔逃回草原后，尾追而来的明军迅速征服了近边的蒙古人，先后在辽东、山西、漠南、嘉峪关外和哈密设置了蒙古卫所。公元 1387 年，明军在呼伦贝尔将元顺帝之孙脱古思帖木儿彻底击败，名义上的北元从此消失。

岁月就这么不紧不慢地走着。二十年后，混乱的蒙古草原形成了两大势力，东部蒙古称鞑靼（dá dá），西部蒙古称瓦剌（即卫拉特）。在磕磕碰碰中，瓦剌部异军突起，瓦剌太师也先统一了蒙古。

这位瓦剌领军人物一旦感觉有了向明朝叫板的资本，立刻提出娶一位大明公主为妻。明朝尽管军力日下，但并没有将蒙古放在眼里，也先和亲的要求被轻蔑地驳回。

公元 1449 年，也先以没能娶到明朝公主为由，挥刀出鞘，兵分四路越过长城，明蒙之战全面爆发。

消息传到北京，君臣们人心惶惶，只有一个人格外兴奋。这是个名叫王振的太监，他不仅自告奋勇领兵迎敌，而且怂恿英宗御驾亲征。

你肯定感到好奇，宦官有建议权吗？即便是有接近皇帝的机会，不懂军事的宦官岂能左右并不愚蠢的皇帝？

王振，今河北蔚州人，年轻时自愿阉割进入宫廷。这个肚子里有点墨水的阉人一进宫廷，便被明宣宗朱瞻基派去侍奉太子朱祁镇读书。随着朱祁镇由太子熬成皇帝，王振也当上了太监的最高长官司礼监掌印太监。后来，他已经和皇帝无话不谈、你我不分，直接代理皇帝行使批红的权力，权倾朝野。可他还不满足，自认有了文名的他还想拥有武功。要拥有武功，需要当将军。

在一番嘀嘀咕咕之后，二十三岁的英宗决定与王振一起统领名为五十万，实为三十万大军出战瓦剌。于是，久居深宫的英宗首次做了统帅，从未上过战场的王振成了监军。

笑话啊！荒唐！诏书一下，朝廷上下一片哗然，群臣一再劝阻皇帝收回成命。群臣头都叩得鲜血淋漓了，皇帝仍无动于衷。

没有精心准备，没有誓师大会，明军就于七月十七日仓促出征了。这意味着，皇帝和他的士兵们从此拉开了长途旅行、短暂用餐的艰辛历程。一路上，大军跋山涉水，栉风沐雨，身心疲惫，怨声不断。八月初一，大军好不容易到达大同，就接到了各路明军纷纷溃败的战报。

王振开始惴惴不安，继而心惊胆战。在各路大军最需要支援的时候，他竟然逼着英宗下旨班师回朝。在班师途中，为了炫耀自身权威，他力邀英宗顺便临幸自己的故乡蔚州。按说，这个决定是正确的，因为蔚州正是由紫荆关入京的最近路径。

八月初三，大军突然停了下来。原因嘛，是王振怕大军践踏自家田地，又下令大军改道东去。这一决定意味着，大军将不得不半路折回，沿着来时的居庸关回京。庞大的明军本来就行动迟缓，经过这样的来回折腾，士兵们开始怨声载道。令士兵们万万想不到的是，事情绝非埋怨一下那么简单，因为他们已经丧失了最为珍贵的退却时机。

在高度竞争的环境中，你的犹豫和踌躇就是敌人大步前进的最佳机遇。当徐徐蠕动的明军退到今河北怀来城外的土木堡时，被呼啸而至的瓦剌骑兵团团包围。土木堡没有水源，明军的粮草供应又被切断，三十万饥寒交迫的将士陷入了前所未有的绝境。无奈之下，明军开始挖掘战壕，并据此与瓦剌骑兵军团形成了僵持。

五六万瓦剌骑兵根本无法吃掉固守战壕的数十万明军。于是，瓦剌军假装撤退，并派人赴明军讲和。

稍有军事和生活常识的人都能意识到，明军最危险的时候到了，因为猛虎微笑的时候也磨好了食人的牙齿。但王振信以为真，命令大军向有水的地方转移。明军出发仅仅三里，消失的敌人再次出现，"瓦剌铁骑揉阵而入，奋长刀以砍大军"。明军屡遭打击的神经最终崩溃，终至于人人成为瓦剌骑兵操练刀法的肉靶子。

在局面无法控制的情况下，英宗的护卫将军樊忠将满腔的怨愤倾泻到罪魁祸首王振头上，用长棒捶死了这位骄横跋扈、自以为是的监军，随后樊忠英勇战死。英宗也当了俘虏，这是他为自己的年轻和轻信付出的代价。更为凄惨的是，几乎囊括了所有精锐的数十万明军全军覆没，随行的文臣武将纷纷在地狱里找到了自己的归宿。

这就是"土木之变"。

九　北京保卫战

戏剧性地吃掉了数十万明军的也先，挟持英宗经紫荆关兵临北京城下，试图以英宗为人质盾牌，迫使明朝就范。大明王朝处在了生死存亡的历史关头。

北京城内，立刻弥漫在了一片痛哭、抱怨和争吵声中。皇后已经哭昏过去好多次了，受命监国的明英宗的弟弟朱祁钰也惶然不知所措。战吧，一来明朝最为精锐的军队已经在土木堡丧失殆尽，京城兵力严重空虚，结果有可能玉石俱焚；二来皇帝在敌人手上，如果在乱军中伤了皇帝，那可是灭族的大罪呀！逃吧，明朝将肯定丢掉半壁江山，重蹈北宋南迁的覆辙，并因此被后人钉在历史的耻辱柱上。

守也守不住，打也不能打，逃又不能逃。一场争吵在朝堂上展开，一个叫徐珵的大臣率先发言："臣夜观天象，对照历数，发现天命已去，只有南迁方能避过此难。"话音一落，大臣们纷纷附和。

"建议南迁之人，该杀！"说话的人名叫于谦，坚定的主战派。

于谦，公元1398年出生在浙江钱塘县（今杭州）。二十三岁考中进士，被任命为御史。因为在痛斥叛乱的亲王朱高煦时表现优异，也因为连续审结了几宗离奇的案件，从此名声大振，平步青云，年仅三十二岁就被任命为兵部右侍郎，位居正三品。

正是这个从小以岳飞、文天祥为偶像的少壮派官员，联合尚书王直等重臣，以太后之命立朱祁钰为景帝，遥尊英宗为太上皇，使瓦剌的"人质盾牌"阴谋彻底破产。本来准备安分守己做一生亲王的朱祁钰被突如其来的"幸福撞了一下腰"，因为"土木之变"一跃成为皇帝，还因着他的年号景泰，中国精美绝伦的瓷器被命名为"景泰蓝"并名扬四海。

伟大的北京保卫战拉开帷幕。于谦组织了二十二万兵力汇聚北京，断然否决了将军们坚壁清野的建议，令大军全部开出九门列队迎敌。然后，这位从未指挥过战争的文雅书生发出三道军令：一是"锦衣卫巡查城内，一旦查到有盔甲军士不出城作战者，格杀勿论"！二是"全体将士必英勇杀敌，战端一开，即为死战之时！临阵，将不顾军先退者，立斩！临阵，军不顾将先退者，后队斩前队"！三是"大军开战之日，众将率军出城之后，立即关闭九门，有敢擅自放人入城者，立斩"！典型的破釜沉舟，真正的鱼死网破。

对于这些肩负着保家卫国重任的明军将士来说，远路赶来的盗窃者首先在气势上输了三分，加上明军有装备着世界上最先进火枪的神机营助阵，结果蒙古骑兵军团一败涂地，也先无奈地撤回草原。第二年，无用的英宗被送回明朝。

后来，也先跋扈到连亲信也不放在眼中的地步，结果被亲信刺杀，瓦剌迅速衰落。此消彼长，鞑靼一跃而成为草原霸主。十五世纪末，达延汗统一了蒙古，自称大元大可汗，把互不统属的领地合并为十个万户，左翼察哈尔、乌梁海、喀尔喀三万户，右翼鄂尔多斯、土默特、永谢布三万户，西部瓦剌四万户，蒙古又进入稳定发展时期。但达延汗一死，蒙古万户割据为王，草原重新陷入了混乱的轮回。

谁来收拾混乱的残局？

十　风流韵事

一位年轻人站了出来，他叫俺答，达延汗的孙子，右翼土默特万户。十六世纪中叶，俺答以智慧与武力结束了草原上天长日久的割据状态。为了保持草原的长治久安，他将喇嘛教引入了蒙古。

大凡英雄人物，有烈火狂飙式的个性，有灿如朝日的理想，同时也有花前月下的柔情。尽管信仰了佛教，但俺答汗仍不改风流的天性。一个偶然的机会，他发现比自己小四十三岁的外孙女金钟哈屯（哈屯意为夫人，汉籍称她为三娘子）长得美妙绝伦，便毫不犹豫地纳为姬妾。三娘子的未婚夫不答应，俺答就将孙子把汉那吉的未婚妻改嫁给了他。一怒之下，把汉那吉投奔了明朝。对俺答恨之入骨的明朝边将们一致要求杀掉俺答的孙子，但大同总督王崇古力排众议，不仅没有杀掉把汉那吉，而且给了他一个指挥使的官职。俺答汗的原配妻子怕孙子被明朝杀掉，日夜不停地向俺答哭闹，逼得俺答领兵十万直指大同，准备在证实孙子被杀后发动报复性进攻。王崇古派人前去谈判，并让俺答的亲信见到了已是明朝军官的把汉那吉。俺答汗惊喜交集："大明没有杀我孙子，我将放弃与大明为敌。"

赠人以玫瑰，手上会留有余馨；抓起泥巴抛向别人，首先弄脏的是自己的手。古今中外、贵胄平民，人人都明白冤冤相报毫无意义，却很少有人愿意主动解开这一死结。因此，历史应记住王崇古。中国北方的战争，就这样因为一个桃色事件而戏剧性地停止。俺答汗伸出橄榄枝，要求与明朝互通有无。

其实，早在俺答汗年轻的时候，就多次向明朝提出通贡，只是因为明朝嘉靖皇帝的榆木脑袋而屡屡受挫。而此时嘉靖已死，万历皇帝在位，明朝终于改变了以暴抗暴的策略，于公元1571年封六十四岁的俺答汗为顺义王，应邀开放了大同、宣府市场，结束了双方长达两百年的战争。

那是个春风荡漾、繁花似锦的五月，边陲重镇大同得胜堡高筑晾马台，广设黄帷蓝帐，鼓乐惊天，欢歌动地，蒙汉通贡互市仪式隆重举行。据说，俺答汗和夫人三娘子亲临市场与明朝大将共同主持互市，被蒙汉人民传为美谈。

第二年，俺答汗下令在郁郁葱葱的大青山前、波光粼粼的黑水河畔，修建呼和浩特市的前身库库和屯城。历时十年，一座由俺答汗主持，明朝曾予资助，明帝赐名归化，蒙古人称为青城（蒙文读音为呼和浩特）的巍巍城池，呈现在古称敕勒川的千里莽原上，成为"隆庆封贡"、蒙汉友好的万仞丰碑。在此城开工及建成后的三十年里，三娘子一直在城中辅佐和主持政务，因此这座城就有了一个玫瑰色的芳名——三娘子城,她也被明朝封为忠顺夫人。

明末,蒙古重新分裂为漠南察哈尔蒙古、漠北喀尔喀蒙古和漠西卫拉特蒙古三部分。蒙古人的悲剧仍然在厌倦了战争的人们中延续。

十一 准噶尔"自杀"

明末,瓦剌改名卫拉特(林中百姓之意),并分裂为四部——额尔齐斯河流域的杜尔伯特部、伊犁河一带的准噶尔部、塔尔巴哈台地区(塔城)的土尔扈特部、乌鲁木齐附近的和硕特部。

不久,准噶尔部(意为左翼)异军突起,迫使和硕特部进入青藏高原,逼迫土尔扈特部辗转西迁。也就是说,准噶尔部在清初完全控制了天山以北的广阔区域,与占据天山以南的叶尔羌汗国一起形成了"南回北准"的格局,他们所在的盆地从此被称为准噶尔盆地。

之后,准噶尔汗噶尔丹抓住叶尔羌汗国和卓家族发生内乱的时机,应邀出兵越过天山攻占了叶尔羌汗国,扶植阿帕克和卓为傀儡汗。随后,他又趁喀尔喀蒙古三部内乱,大举入侵漠北,喀尔喀蒙古被迫退向漠南,并在无奈之下向清朝求援。

准噶尔人已经接近了悬崖绝壁、陡壑深涧,还以为前头是蓬莱仙境、风光无限。公元 1690 年,康熙帝玄烨亲自统率大军出长城,在乌兰布通发现了噶尔丹军队主力——驼城。驼城是弓箭战争时代的产物，把骆驼的四脚绑住，卧倒在地，加上木箱和浸了水的毛毯，即成为阻止骑兵冲锋的坚强堡垒。但用它来对抗大炮，显然太原始了。清军用猛烈的炮火轰击驼城，可怜的骆驼血肉横飞，噶尔丹趁着夜色狼狈西逃。

五年后，不屈的噶尔丹与东方的科尔沁部秘密结盟，卷土重来，希望用闪电战一举消灭喀尔喀部。当噶尔丹东进两千公里，逼近克鲁伦河边的车臣汗牙帐（蒙古温都尔汗），突然望见玄烨的黄龙大旗，才发现被科尔沁部出卖。他急忙命令军队快速脱离清东路和中路兵团。当他们狂奔到库仑东南三十五公里的昭莫多，正在庆幸脱险时，却进入了清西路军的口袋阵。其失望的情景如同捉迷藏的小孩藏了半天却被另一个小孩抓个正着。噶尔丹于1697年绝望地自杀。

尽管血的教训历历在目，但噶尔丹的继承者仍不甘寂寞地逗弄大清。首先是1716年秋，准噶尔汗策妄阿拉布坦（噶尔丹的侄子）组织了一支八千人的远征军，由大将大策零率领千里奔袭西藏。这是世界上最勇敢、最困难、时间最长、航空距离达一千九百公里的闪电突击。十个月后，远征军神不知鬼不觉地出现在拉萨，杀掉拉藏汗，攻陷了布达拉宫。清朝两次派出远征军，才将大策零赶走。后来，清军镇压青海和硕特部暴动时，可汗罗卜藏丹津换上女人衣服溜到了准噶尔汗国。清朝要求策零可汗（策妄阿拉布坦的儿子）交出罪犯，但遭到严词拒绝。

那就新账老账一起清算！公元1755年，清军进占准噶尔王庭伊犁，准噶尔新可汗达瓦齐和流亡了三十年的罗卜藏丹津被俘，由先前投降大清的辉特部酋长阿睦尔撒纳取而代之。

万万想不到，阿睦尔撒纳也在一年后宣布独立。对方的反复无常使乾隆大失面子，他从此认定准噶尔人根本无法用仁义感化，只能用屠刀说话。第二年，清朝远征军与外蒙古军队一起发动了对准噶尔的夹攻。恰逢天花流行，准噶尔军队自行瓦解，阿睦尔撒纳在逃到俄国后染上天花病死，尸体在大清的强烈要求下被交回中国。

首领已经死掉，但没有死于天花的准噶尔人仍用游击战进行宁死不屈的抵抗，愤怒的乾隆发出了灭种的命令。于是，坚持游击战的准噶尔散兵游勇遭受到满洲兵团的残忍屠杀，中国境内再也没有了准噶尔人，只留下仍保持准噶尔名称的盆地和位于中国与哈萨克交界处名为"准噶尔门"（今新疆阿拉山口）的要隘，供后人垂泪凭吊。

十二　土尔扈特东归

因为看够了准噶尔部的脸色，土尔扈特首领和鄂尔勒克于公元

1629 年率部族二十五万人，离开塔尔巴哈台辗转西去，越过广阔的哈萨克草原和奔腾的乌拉尔河，在金帐汗国的一个部落——诺盖人遗弃的伏尔加河下游定居下来。巴什基尔人邻居称呼他们为卡尔梅克（意为流浪者），此地也从此被称为卡尔梅克草原。

好景不长，疯狂扩张的俄国人不久就把黑手伸到了这里。

公元 1698 年，土尔扈特第四代汗王阿育奇派遣侄子阿喇布珠尔率随从五百人回到西藏觐佛进香，顺便试探清朝对土尔扈特东归的态度。但在五年后的返程途中，被准噶尔部隔断了归路。无奈之下，阿喇布珠尔向康熙乞请内附，获准留在嘉峪关与敦煌之间。由于受到准噶尔部的袭扰，他们在雍正年间内迁到今内蒙古最西部的居延绿洲上。

又过了七十年，蒙古草原重新归于平静，而西迁的土尔扈特人正处于水深火热之中。俄国叶卡捷琳娜二世不仅强迫土尔扈特人改信东正教，而且不断征发土尔扈特军人对奥斯曼作战，仅在渥巴锡担任大汗的十年间，就被迫参加了三十二次远征，阵亡部落子弟八万余人。万般无奈下，背井离乡一百四十多年的土尔扈特人筹划东归。

公元 1771 年一月十七日清晨，绽开的云层中透出了阳光。可惜的是，上苍和他们开了一个残酷的玩笑——冰封大地的季节，伏尔加河却未封冻，河西岸的七万土尔扈特人无法按计划踏冰过河。二十七岁的渥巴锡只能向河西叩首作别，含泪下令东归。

宫殿、村落被同时点燃，十六万八千零八十三名土尔扈特人义无反顾地踏上了东归之路。妇孺老幼乘坐着马车、骆驼、雪橇，在一队队跃马横刀的骑士护卫下，踏着洁白的积雪，像一条黑色的长龙，离开了寄居一个半世纪的草原，向着太阳升起的地方挺进。

土尔扈特东归，令女沙皇雷霆震怒，她一方面对伏尔加河西岸的土尔扈特人严密封锁，另一方面派出大批军队对东归者围追堵截。

渥巴锡把近十七万人组成战斗队形，派出堂弟巴木巴尔和将军舍楞率领精锐开路，表兄达什敦多克和大喇嘛书库尔罗桑丹增在两翼护卫，老弱病残走在中间，他和堂侄策伯克多尔济殿后。他们很快就越过伏尔加河与乌拉尔河之间的草原，然后穿过结冰的乌拉尔河，进入了大雪覆盖的哈萨克草原。在那里，他们付出了九千名战士的代价，才击败了横挡在必经之路奥琴峡谷的哥萨克骑兵，勉强渡过了第一道难关。

恩巴河东岸刺骨的寒风如同饥饿的怪兽，悄悄地吞噬着每一个生命。往往是早晨醒来时，几百个围在火堆旁的男人、女人、儿童已经全部冻僵而死。这时，又有两万名俄国和哥萨克军人堵住了他们的去路。杀红了眼的土尔扈特人居然再次获胜。

随着夏季的到来、疾病的蔓延、战斗的惨烈，东归军团陷入了困境，他们只好在莫尼泰河停下来休整。因为短暂的休整，他们又陷入了哥萨克小帐和中帐五万军队的铁壁合围。危急关头，渥巴锡送还了在押的上千名哥萨克俘虏，通过谈判赢得了三天的军事部署时间。就在第三天傍晚，渥巴锡引兵猛攻在帐篷里大吃大喝的哥萨克军人，经过数小时的浴血奋战，终于成功突出重围，越过了姆英格地区。

为了避免再遭袭击，他们选择了一条飞沙走石的道路，绕过巴尔喀什湖西南，蹚过戈壁逾吹河与塔拉斯河，沿着沙喇伯勒，终于在7月中旬抵达了魂牵梦绕的伊犁河流域。

七月二十日，策伯克多尔济的前锋部队在伊犁河畔的察林河与前来接应的清军相遇，历时七个月，长达一万里的征程终于走到了尽头。近十七万浩荡的大军仅剩下可怜的六万六千零一十三人，他们风尘满面，形容枯槁，衣不遮体，鞋靴全无。

土尔扈特人东归被称为公元十八世纪最伟大的长征，正如英国作家德昆赛所说："从有历史记录以来，没有一桩伟大的事业能像二十世纪后半期一个主要的鞑靼民族跨越亚洲无垠的草原东返祖国那样轰动于世界和激动人心的了。"远在大西洋彼岸的马克思也为此感叹不已。

春天是什么，经历了冬天的人才会知道；最出色的五月之歌，要在火炉旁写成。乾隆皇帝在承德避暑山庄热情接待了冒死东归的渥巴锡，拨出二十万两白银和大量牛羊、布匹、粮食，将他们安置在绿草无边、静水如碧的伊犁河畔。渥巴锡被封为卓里克图汗，策伯克多尔济被封为布延图亲王，舍愣被封为弼里克图郡王。

内蒙古电影制片厂为此而拍摄了《东归英雄传》。

十三 伏尔加河西岸

大部分土尔扈特人东归祖国，另一部分人因为大河没有封冻未能一起东归，被沙俄死死困在了伏尔加河西岸。

独在异乡的土尔扈特人不断以骚乱表达对沙俄的不满，一度参加了反抗沙俄的普加乔夫起义。起义失败后，沙皇变本加厉地镇压土尔扈特人，剥夺了他们的政治权利，明令规定土尔扈特内部只能审理不超过五卢布的诉讼案。俄国人此举侵犯了土尔扈特的古老传统，引发了他们保卫立法的抗议浪潮乃至武装斗争。唯恐事态扩大的俄国人无奈地撤换了警察总长，并给了土尔扈特人有限的自治。

俄国十月革命爆发后，他们组成骑兵团参加了著名的察里津保卫战，多次打退了克拉斯塔夫白匪军对红色政权的围攻，用鲜血和生命保卫了十月革命的果实，从而赢得了布尔什维克的信任。1920年，苏联成立了卡尔梅克自治州。1935年，又将自治州升格为自治共和国。

变故发生在六年之后。1941年九月，在德国的疯狂进攻面前，苏军付出了损失七十万人，另有一万余名卡尔梅克人战死的代价，仍然丢掉了基辅和卡尔梅克。卡尔梅克三位主要领导人悉数投降了德国，组成了伪卡尔梅克政府；两千余名卡尔梅克子弟在伪政府的百般利诱下成为德国雇佣军。基于此，在苏军公元1943年取得第聂伯河战役胜利后，苏联政府将全体卡尔梅克人扣上了通敌叛国的帽子，卡尔梅克自治共和国被撤销，全民族不分老幼被强行迁移到中亚、西伯利亚等地，甚至十月革命时期的老红军、老布尔什维克也受到株连。

真正的痛苦，别期望有人与你分担；你只能把它从一个肩，换到自己的另一个肩。不甘心受辱的卡尔梅克人从此走上了起诉、上访、控告的漫漫历程，许多人冒着杀头的危险要求平反，国际上的许多反法西斯老战士也出面作证、声援，苏联国内的伏罗希洛夫还站出来为受株连的老红军、老布尔什维克讲话。经过长达十五年的调查取证，苏联终于在1958年五月平反了卡尔梅克冤案，大多数人返回伏尔加河西岸原籍。同年十一月七日，卡尔梅克自治共和国得到恢复。

已经丧失了生命的大量受难者们身后的"平反",对于受难者本人来说已经毫无意义,对于未亡人和未来的新一代却是巨大的心灵痛击,这就使得卡尔梅克和与其命运类似的克里米亚鞑靼人快乐不再,也为苏联的解体注入了无可救药的心灵涣散剂。

苏联解体后,卡尔梅克进一步升格为俄罗斯联邦内的共和国。

十四　蒙古独立解密

在平淡和不争中,蒙古人听到了清王朝的丧钟。辛亥革命爆发后,中国各省纷纷宣布独立。外蒙古也在王公和大喇嘛的带领下趁机宣布自治。1911年十二月二十八日,"大蒙古帝国日光皇帝"哲布尊丹巴匆匆举行了所谓的登基仪式。

整个蒙古共有近二百四十旗,其中外蒙古占一百零八旗,一旦外蒙古独立,将拉走一百五十多万平方公里的辽阔土地。国人为之哗然,孙中山曾经决心组织讨伐,即便是急于得到外国承认的袁世凯也只是承认了外蒙古自治,坚持外蒙古是中国领土的一部分。俄国革命导师列宁也于1912年"痛斥强占蒙古这种破坏我国同伟大的兄弟之邦中华共和国的友好关系的行为"。

十月革命后，苏俄政府声明不再支持蒙古伪政府。1919 年 11 月，哲布尊丹巴无条件放弃自治，请求将外蒙古收归中华民国版图。主掌中国政局的段祺瑞派干将徐树铮率兵进入外蒙古，在库伦设立了西北筹边使公署，流浪多年的外蒙古重新回到了祖国怀抱。

但这种铁腕政策却使中国失去了外蒙古上层王公的人心，为蒙古后来的分离埋下了祸根。1920 年，皖系军阀段祺瑞下台，外蒙古随即进入混乱状态。被苏联红军赶到外蒙古的恩琴白匪，拥戴哲布尊丹巴重登大汗位，向中国驻军发难。中国驻军寡不敌众，被迫撤离库伦，一部分返回内地，一部分移师买卖城。

公元 1921 年，苏赫巴托尔和乔巴山在恰克图成立了蒙古人民党，随后要求苏俄政府帮助他们争取革命胜利和民族独立。兴奋的斯大林向列宁建议："出兵外蒙，消灭恩琴白匪军，既可以加强西伯利亚的防卫，解放蒙古人民，还可以警告日本人，推动亚洲的人民解放事业。"曾经对沙俄强占蒙古嗤之以鼻的列宁也态度突变。

苏联红军与蒙古人民党武装联合，于 1921 年六月攻克库伦，活捉了恩琴；然后，将驻扎在买卖城的中国军队赶出了外蒙古。就这样，一个不满周岁的政党掌握了政权。名义上，博格多格根仍为国王，实际上由政府军事部正副部长苏赫巴托尔和乔巴山掌握实权。

第二年，苏赫巴托尔与斯大林达成协定：苏赫巴托尔同意苏军常驻蒙古，苏联政府承认蒙古人民政府是蒙古唯一合法政府。外蒙古于1924年召开了第一届大人民呼拉尔会议，通过了独立国家宪法，成立了蒙古人民共和国，定库伦为首都并改名乌兰巴托（意为红色勇士）。1934年，苏蒙签订了互助协定。随后，苏联大规模派兵进驻蒙古。1940年，苏联还授意蒙古与满洲国签订了所谓边界协定。为了蒙古独立，苏联机关算尽。

决定性的时刻来到了。1945年二月三日，罗斯福、丘吉尔、斯大林在克里米亚半岛的雅尔塔举行秘密会谈。一周之后，三巨头在谈笑风生中签署了瓜分世界的《雅尔塔协定》。协定给了号称"世界第四强"的中国一块麻辣蜜糖：应苏方要求，规定将"外蒙古的现状须予维持"作为苏联出兵中国东北驱逐日军的先决条件。

这份严重损害中国主权的协定，蒋介石直到六月十五日才得知。蒋介石先后派宋子文、蒋经国去苏联斡旋，斯大林不仅毫不退让，还打出苏联控制着满洲、新疆，威胁内蒙古，支持中共这三张牌，逼迫国民政府就范。宋子文断然辞去了外长职务，新任外交部长王世杰接过了蒙古卖身契，在得到苏联不支持中共等许诺后，于八月签订了《中苏友好同盟条约》，蒙古问题以中苏外长互致照会的形式加以规定。王世杰在照会中写道："兹因外蒙古人民一再表示其独立之愿望，中国政府声明，日本战败后，如蒙古之公民投票证实此项愿望，中国政府当承认外蒙古之独立，即以其现在之边界为界。"

十月十日至二十日，在乔巴山的精心组织下，蒙古举行了全民投票。根据投票结果，中华民国立法院于公元1946年一月五日无奈地承认蒙古独立。二月七日，蒙古与国民政府在重庆以换文方式建立邦交，成为兄弟关系。哲布尊丹巴未圆的梦乔巴山圆了，袁世凯未签的字王世杰签了。从此，太平洋沿岸那片美丽的海棠叶，变成了一只长啼的雄鸡。

覆水难收。1950年毛泽东赴苏访问期间，订立了新的《中苏友好同盟互助条约》，并就长春铁路、旅顺口军港和大连的主权问题签订了具体协定，坚决捍卫了中国的主权。

公元1953年，斯大林逝世，赫鲁晓夫上台后，中国与苏联进行了历史遗留问题谈判，苏联归还了旅大军港和东北铁路的管理权。但是，当周恩来提出蒙古问题时，被赫鲁晓夫断然拒绝，中国再次失去了收回蒙古主权的机会。外蒙古借机行动，在苏联监督下与中国交换地图，划定边界，随后中蒙建立了"正式外交关系"。

公元1949年九月，退居台湾的蒋介石在联合国告了苏联一状，理由是《雅尔塔协定》中"外蒙古的现状须予维持"是指应维持外蒙古属于中国的现状，苏联违反联合国宪章支持蒙古独立。1952年二月一日，苏联缺席的联大裁决苏联违约，蒋介石居然赢了。于是，蒋介石于1953年发布命令："保留我国及人民对于苏联违反该约及其附件所受之侵害向苏联提出要求之权。"宣布废除中苏条约中关于蒙古的换文，不承认蒙古独立，设立了蒙藏委员会，在立法院中设有蒙古人席位，并在中华民国版图上保留了蒙古地区。这种掩耳盗铃之举，只能徒然为台湾版的中国地图留下一片虚幻的海棠叶而已。

一切都变得名正言顺了，现在全球大概一千万蒙古人：两百三十多万在蒙古，九十多万在俄罗斯，六百三十多万在中国。

还是让我们翻开世界地图看看蒙古吧：它是世界上最大的内陆国家，领土呈长椭圆形，平均海拔一千五百三十米，总面积一百五十六万平方公里，是英伦三岛的十一倍；它也是人口密度最小的国家，每平方公里仅有二点一人，全国人口约三百四十万，只相当于中国东部一个小型的地级市。而且人口分布极不均衡，西部和北部人口稠密，仅首都就有一百五十万人，但与中国相邻的戈壁几乎荒无人烟。

长达四千六百七十三公里的中蒙边界，在中苏对抗的年代里曾驻扎着世界上人数最多的军队，如今"本是同根生"的两国军民开始和平相处。

十五　内蒙古自治区

一波未平，一波又起。受蒙古独立的传染，内蒙古地区也于1945年下半年兴起了汹涌澎湃的民族运动。

在内蒙古西部，部分蒙古、达斡尔族上层人士于九月成立了"内蒙古人民共和国临时政府"，派出代表去蒙古寻求合并。蒙古在拒绝的同时建议他们与中共联系解决内蒙古民族问题的途径。

在内蒙古东部，以内蒙古人民革命党员哈丰阿、原伪兴安总省省长博彦满都、苏共党员特木尔巴根为首的蒙古革命者、上层人士和官吏于八月召开会议，宣布成立内蒙古人民革命党，发表了《内蒙古人民解放宣言》，发动了内外蒙古合并签名运动。十月，他们组成代表团赴蒙古谈判合并事宜。因为担心蒙古的独立节外生枝，乔巴山断然拒绝了内蒙古的合并请求。

公元1946年一月，听到国民政府允许蒙古独立的消息，东蒙古召开了人民代表会议，成立了东蒙古人民自治政府，组建了人民自治军，打算自起炉灶或在条件成熟时加入蒙古。

在东、西内蒙古处于十字路口的关键时刻，中国共产党做出了一个影响内蒙古历史的决定，把一位出生于内蒙古土默特左旗、时任延安民族学院教育长的蒙古人推到了前台，他就是乌兰夫。

公元1945年十月，蓝天如碧，大雁南飞，一队战马乘着瑟瑟秋风从圣地延安启程，消失在了一望无际的草原上。几天后，从草原传来消息，乌兰夫等人已经顺利到达西内蒙古。

视民族团结和国家统一如生命的乌兰夫，以非凡的气度和坚忍的意志，开始了夜以继日的斡旋。他以坚定的原则性和高度的灵活性说服了一度顽固不化的贵族们，以蒙奸博英达赉为首的内蒙古共和国（西蒙古）临时政府得以顺利改组。

与此同时，乌兰夫积极引导东内蒙古共同走民族区域自治之路，嘴皮磨破，费尽周折。

公元1947年四月二十三日至五月一日，三百九十二名内蒙古人民代表齐聚时称"王爷庙"的塞外红城乌兰浩特，参加了决定内蒙古命运的人民代表会议，与会代表一致拥护在内蒙古实行中国共产党领导下的民族区域自治，东西内蒙古终于站到一起。会议选举乌兰夫为自治政府主席，哈丰阿为副主席，中国首个省级少数民族自治区宣告成立。

新中国成立后，内蒙古与绥远省合并问题提上议程。毛泽东讲，蒙绥合并要推开两扇门，一扇是蒙古族要欢迎汉人进去开发白云鄂博铁矿，建设包头钢铁企业；一扇是汉人要支持把绥远合并于内蒙古，实现内蒙古统一自治。此后，中央逐步撤销了察哈尔、绥远、热河省，先后将隶属于热河、辽宁、察哈尔、宁夏、甘肃的昭乌达盟、哲里木盟和阿拉善、额济纳等旗县划入内蒙古，于1956年实现了蒙绥合并。

第四章　吐蕃（tǔ bō）——盛开在雪域

凡是不允许辩驳的所谓真理，必然是谎言。

——中国当代学者　周国平

十二至十三世纪,蒙古人视野所及几乎无一幸免。被纳入元朝版图的,还有从未被中原王朝征服过的神秘而遥远的吐蕃。

一　雏鹰凌空

传说有一天,一位来历不明的青年,出现在雅隆河谷,遇到了十二个放牧的人,放牧的人问他从哪里来,他用手指了指天。放牧的人见他相貌英武,仪表非凡,认定他是天神下凡,便共同用肩膀做成轿子,将他抬回了部落,拥戴他做了鹘提悉勃野(意为雅隆)的王。他就是吐蕃第一世赞普(意为雄壮丈夫)聂赤,意思是以肩为座的王,也就是现代藏族、门巴族、珞巴族的祖先。

在雅隆人繁衍生息的同时,另一个高原民族——羌,从中国西部迤逦南来。西羌牦牛部、发羌、唐旄羌与当地土著人婚配,并最终融入了西藏的土著居民。怪不得许多人认为吐蕃(吐的意思是上,蕃是西藏土著人的自称,雅隆蕃被称为上蕃是为了与附国各蕃相区别)出自西羌。

于是,融入了多支羌人血脉的吐蕃在这块寂静的土地上编织梦想。他们学会了用湖水灌溉农田,以牛力开垦土地。后来,第十五世赞普意肖烈建立了属于自己的城市——琼巴堡寨（史称匹播城和跋布川）。这座城市尽管很小，但已经像花一样灿烂地盛开在岁月的枝头。难怪吐蕃历史学家对此颇费笔墨，津津乐道。

梦想还在延续。第二十八世赞普弃诺颂赞将牧地和农田连接起来，国土已经很难用马匹丈量。后来，第三十一世赞普论赞弄囊（即朗日论赞）用武力和智慧吞并了强盛的女国，为儿子的闪亮登场做好了准备。

岁月是把看不见的弯刀，斑白顺着刀刃爬上了发梢。是玫瑰，总有凋谢的时候；是彩虹，总逃不过消散的宿命。朗日论赞执政后期，他一味重用叛归吐蕃的女国大臣，引起吐蕃父王六臣和母后三臣的强烈不满，女国残部羊同又联合苏毗、达布、工布、娘波纷纷起兵叛乱。在内外交困的日子里，朗日论赞被叛臣毒死。

大凡英雄，总是受命于危难之时，在历史的呼唤声中隆重登场。公元629年，朗日论赞之子、十三岁的弃宗弄赞继任第三十二世赞普，他就是吐蕃历史上的那道长虹——松赞干布。

尽管荆棘丛丛，尽管年纪轻轻，但他毕竟有了展示自己魄力与才华并在艰难曲折中逐渐鲜亮的政治舞台。于是，这只年轻的"高原雄鹰"凭借东风，浩荡入云，开始丈量无边的长空。其情景恰如年少的康熙在危机四伏中继承空缺的帝位。

接下来，他将下毒者夷灭了九族，创立了意在保持内部团结的大小盟制度，设立了大相（大论）、副相（小论）等官职，出台了成文法典《十善法律》，依据于阗文创造了拥有三十个字母的吐蕃文，征服了今西藏阿里的羊同和青海玉树的孙波，将都城确定在日光城——逻些（今拉萨）。

一个强大的吐蕃在同样强大的唐朝身边默默崛起。

二　千里姻缘

听说唐朝公主嫁给了突厥和吐谷浑可汗，十八岁的松赞干布也派出使者远赴大唐求婚。不幸的是，唐太宗低估并回绝了这个高原青年。于是，松赞干布发兵将四川西境的松州围困了好长时间，在唐军付出了惨重的代价后才撤兵西归。

公元641年，松赞干布已经二十五岁。他再次派出使者向唐求婚。承担这一使命的是吐蕃二号人物——大相禄东赞，聘礼是五千两黄金和数百件珍玩。

传说当时各国求亲的使者很多，唐太宗颁下诏令，使者们必须参加考试，哪国通过考试，就答应哪国的和亲！请你不要怀疑这个故事的真实性，因为在今布达拉宫的壁画中，就描绘着"唐太宗六难求婚使禄东赞"的场景。

试题一共六道。第一道题是一根木头两头一样粗细，要辨别哪头为根部，哪头为尾部。禄东赞将木头放入水中，根部因密度大而向水中倾斜，此题被顺利破解。第二道题是将一根丝线穿过一颗有九曲孔道的明珠，禄东赞把丝线拴在一只蚂蚁的细腰上，让它带着丝线穿过了明珠。第三道题是把一百匹母马和一百匹小马驹混在一起，要求辨出母子。禄东赞把母马和马驹分开，断绝了马驹的饲料和水，第二天饥饿的马驹分别跑到母亲那儿吃奶，母子关系不言自明。第四道题是将一百只小鸡和一百只母鸡圈在一起，要求分出哪只小鸡为哪只母鸡孵出。禄东赞将小鸡与母鸡分开，到喂食时将小鸡赶到鸡群中跟母鸡啄食。然而，仍有一些小鸡到处乱跑，禄东赞就模仿老鹰和鹞子发出叫声，那些不听话的小鸡就乖乖跑到母亲身边去了。第五道题要求每位使臣在一天内吃完一只羊，喝完一坛酒，还要回到自己的住处。别的使臣半天就已经酩酊大醉，禄东赞虽然也醉了，但来时在住处拴了一根线将自己牵到酒宴上，所以能顺着线回到住所。最后一道题是让使臣从五百名盖头蒙面的宫女中辨认出文成公主。这一难题最终也未难倒足智多谋的禄东赞，他拿出调查研究的本领，从一位宫女的母亲那里打听到文成公主喜欢用一种特殊的香，此香常引来蜜蜂。考试那天，禄东赞放出蜜蜂，令人惊讶地"猜"

到了文成公主。

承诺兑现，唐太宗将叔伯兄弟——任城（今山东济宁）王李道宗改封为江夏王，将李道宗的女儿封为文成公主，并于随后册封松赞干布为驸马都尉、西海郡王。

文成公主由生父李道宗和吐蕃求婚使禄东赞陪同，于隆冬季节正式启程。唐蕃历史上最美的婚姻故事开始了。

真正的爱情如象征着爱与吉祥的格桑花，越是生长在贫瘠的高原上，越是令人赏心悦目。送亲队伍逢山开路，遇水架桥，经甘肃天水、陇西、临夏，青海民和、乐都、西宁、日月山、倒淌河、切吉草原、温泉、花石峡，在春暖花开的季节来到了吐蕃的东界柏海（今青海玛多县）。远远地，送亲队伍的视野里出现了一支人马，那是不远千里赶来迎亲的松赞干布。

两支队伍会合后，松赞干布向李道宗行了"子婿礼"。文成公主和松赞干布两人一见就擦出了爱的火花，当晚就在临时搭建的"柏海行馆"度过了曼妙无比的洞房花烛夜。

大队人马行至今青海省玉树县境内的贝纳谷，突见天兰如碧，百鸟翔集，山上松柏如画，山下小河如诗。赞普与公主被深深陶醉，便停下来享受蜜月。其间，文成公主和工匠一起向玉树人传授谷物和菜籽的种植方法以及磨面、酿酒技术，把丰收的希望灌满了民众心田。

随同文成公主西行的，既有侍女、工匠、乐队，还有佛像、经卷、药方、种子、卜筮经典、医疗器械作为嫁妆，其中不乏唐朝的"禁运物资"和"技术专利"，是一次充分体现唐朝诚意并令吐蕃喜出望外的规模宏大的文化传输。文成公主抵达逻些时，人们载歌载舞，欢呼雀跃，以吐蕃人最隆重的方式欢迎远道而来的大唐公主。

如果说漂亮的脸蛋是份推荐书的话，那么圣洁的心灵就是份信用卡。文成公主尽管十分思念故乡的亲人和长安的繁华，但她从未对吐蕃表现出丝毫的嫌弃和怨恨。她为了吐蕃的安宁，与尼婆罗的尺尊公主（先于文成嫁给松赞干布）一起劝说丈夫信仰和推广佛教。她带去的释迦牟尼十二岁等身镏金铜像，供奉在松赞干布特意为她修建的大昭寺；她还改进了耕作技术，教会了吐蕃人养蚕织布和种植蔬菜，被藏民亲切地称为"阿姐甲萨"（汉族阿姐）。笑靥如花，她如火如荼地映红了那片格桑花；瞳仁流转，她如竹如柳地装点了那道拉萨河；长发飞泻，她如虹如月地点亮了那盏酥油灯。

这段美丽的爱情，也使唐蕃边界人民享受到了久违的和平。

美中不足的是文成公主和尺尊公主都未能生育，更为遗憾的是与文成公主相守仅仅八年的松赞干布于公元650年突然病逝，年仅三十四岁。此后，这位吃苦耐劳的山东女子承受着远离亲人的苦楚，跨过了失去丈夫的深渊，又在这块土地上生活了三十年，直到公元680年黄叶纷飞的秋天。

如今，她从大唐带去的经卷仍收藏在布达拉宫中，她从大唐带去的佛像仍供奉在大昭寺里，她从大唐带去的种子仍一季一季地播种、收获，她的芳容与精神，已经像圣山圣湖一样镶嵌在青藏高原上。

从此，一个固定的爱情词组——"松赞干布和文成公主"，像中国神话传说中的"牛郎织女"一样，在中国漫长而枯燥的历史银河中永恒地闪烁。

三　浓尽必枯

松赞干布病逝后，天并没有塌下来，大相禄东赞担当起了辅佐朝政的重任。禄东赞的最大功绩是划定田界，确立了封建制度，给吐蕃农牧业插上了飞速发展的翅膀。此后，禄东赞率军灭亡了东北方向的吐谷浑国，将身为大唐女婿的吐谷浑可汗和弘化公主赶出了故乡。

唐蕃之间已经没有缓冲地带，一场决战在所难免，就像大雪总要在特定的季节飞来一样。

血战发生在公元670年。继任大相的禄东赞之子尊业多布派出四十万吐蕃大军，与唐朝名将薛仁贵的十万征西军在大非川（今青海共和县的切吉旷原）展开决战。结果，唐军几乎全军覆没，唐朝西域四镇龟兹、于阗、焉耆和疏勒一一被吐蕃夺去。昔日威风八面的薛仁贵被戴上枷锁押解长安，贬为庶人。

公元763年金秋，大唐金城公主之子赤松德赞发兵从奉天（今陕西乾县）挺进长安。结果，吐蕃不仅顺利攻陷了这座伟大的都城，还册立金城公主的侄子——唐朝广武王李承宏为伪皇帝，并在与唐朝签订《唐蕃清水盟约》之后退走。

到公元790年，吐蕃的统治区域已东接唐边，南达尼婆罗，西占西域，北抵突厥，幅员万里。其间，尽管公元710年将金城公主嫁给吐蕃赞普赤德祖赞，赤德祖赞也向唐王上书宣称唐蕃已"和同为一家"，但吐蕃一直对唐采取攻势。一味地扩张，使吐蕃民众苦不堪言，也使吐蕃赞普四面树敌，辉煌的外壳暂时遮盖了渐进的腐朽。

公元八世纪下半叶，阿拉伯哈里发王朝与吐蕃在西域发生冲突，唐僖宗又暗中与回纥、南诏结成了统一战线。立刻，吐蕃陷入了四面受敌的困境。无奈之下，吐蕃于公元821年遣使向唐朝求和，双方在拉萨大昭寺前立下了会盟碑，碑上刻着：彼此和好，互不侵犯。

和平并未能挽救吐蕃，原因在于持续的内乱。可黎可足赞普长期患病，朝政由僧侣派代表人物钵阐布执掌，失势的灭佛派与钵阐布展开了你死我活的斗争。

掌握了朝政的钵阐布自认为老子天下第一，根本不懂得身处高位更应该夹起尾巴做人，最后竟发展到和寂寞的王后通奸的地步。正愁找不到借口的灭佛派大喜过望，在四处煽风点火的同时伺机动手。一天夜里，钵阐布照例溜进王宫与王后约会，就在他们赤身裸体、颠鸾倒凤的时候，灭佛大臣持刀来到床前，将他们送进了更为逍遥的天国，重病在身、戴了绿帽子的可黎可足赞普也被缢杀。

第二天清晨，可黎可足之弟达磨被立为赞普。意外上台的他对灭佛大臣们充满了感激之情，因此一味崇信本教打压佛教，把信佛的大臣们逼到了走投无路的地步。于是，信佛派以其人之道还治其人之身，于公元846年暗杀了达磨。

达磨遇刺后，王后綝（chén）氏开始当权。不久，怀上了达磨遗腹子的次妃顺利地产下了一位男婴，起名维松（意为光护）；王后不甘心王位旁落，谎称内侄乞离胡为自己的儿子，为他取名永丹（意为母坚）。从此，两妃各挟其子，王族和宦族之间爆发了你死我活的战争，具有两百年统一历史的吐蕃走向了分裂。行文至此，我仿佛听到，火对冰说，我可以融化你；冰对火说，我可以熄灭你。两者都达到了目的，结果同归于尽——被融化的水中分明带着火的体温。

分裂后的吐蕃像凋零的花瓣一样，先是一分为四：一个在今后藏的阿里，即阿里王系；一个在后藏，即亚泽王系；一个在前藏，即拉萨王系；一个在山南，即亚陇觉阿王系。后来分裂以几何状态展开，拉萨王系分出七八个小王；阿里王系建立的古格王朝也一分为三；亚陇觉阿王系则进入青海，唃厮罗（意为佛子）就是他们的子孙。

一朵瑰丽的高原奇葩就这样零落满地。

四　高原福音

可能有人会问，人世间为什么会有宗教？其实，原因并不复杂。即便是科学技术高度发达的今天，我们仍对许多自然和人生问题大惑不解，何况是科学尚且处于童年时代的古人了。古人既然对于成千上万的问题想不通、看不透、辨不明，就只有"求问"于上苍、大地和万物。于是，就有了原始的宗教。

藏地早期流行的是宣扬万物有灵论、崇拜天神与魔神的本教，它的创立者是拥有八千年历史的藏地土著象雄（指大鹏鸟之地）。松赞干布当政时期，末代象雄王李迷夏把自己的王妃——松赞干布的妹妹赛玛葛打入了冷宫。一气之下，松赞干布灭了象雄，杀死了自己的妹夫，象雄推崇的本教也不得不让位给松赞干布推行的佛教。

佛教真正占据上风，还是在松赞干布逝世七十七年之后。公元727年，吐蕃赞普弃隶缩赞对佛教进行了改造和完善，新佛教以因果报应说为基础，吸取本教的神秘法术，遵从显宗、密宗的传承方式，加进了灌顶修行等宗教仪规，形成了神秘而深奥的藏传佛教（俗称喇嘛教），使之在与本教的对抗中处在了必胜的地位。这一阶段，被称为藏传佛教的"前弘期"。

不是说佛教万能吗？为什么佛教占据上风的吐蕃走向了衰亡呢？这种状况，让吐蕃百姓和上层集团产生了重重疑惑。于是，灭佛派拥立的达磨赞普趁机兴本灭佛。

接下来，是三百年的论战、争斗和纠缠。其实，争斗并不可怕，因为它本身就是互相吸收、接近、融合的过程。问题在于谁更明智、更主动、更宽容。最终，佛教在纠缠和对比中胜出，并在公元十世纪后期完成了西藏化的过程。至此，佛教进入了"后弘期"。

而且，这里出现了历史罕见的宗教景观——西藏"佛教之花"朵朵争艳，影响较大的有宁玛派（意为旧派，又称红教）、萨迦派（意为白土，又称花教）、噶举派（意为口传派，又称白教）、噶当派（意为教授佛语）、格鲁派（意为善律，因戴黄色僧帽又被称为黄教）、觉囊派（因位于觉摩囊而得名）等，整个雪域被装点得姹紫嫣红。

每个人来到这里，都将无一例外地受到心灵的震撼。西藏纳入元朝版图第二十个年头，忽必烈就聘请藏传佛教萨迦派领袖八思巴为国师，负责掌管全国宗教事务，并被授予了与中央直属的宣政院一起管理卫藏十三万户的特权。

元朝灭亡后，明朝在西藏设立了乌思藏都司和朵甘都司。

一个名叫宗喀巴的人进入历史的视线。这个出生在今青海湟水之滨的佛教徒，为改变萨迦王朝上层喇嘛唯利是图、生活腐化的污浊风气，于公元1388年创立了崇尚苦修、严格戒律的格鲁派。据说他五十三岁时在拉萨大昭寺主持了有僧众上万、俗众数万人参加的规模空前的大祈愿会，一举成为藏传佛教的最高经师。会后，他在拉萨以东建了甘丹寺。他还以隐语诗的形式，宣称他直系噶当派祖师阿底夏之传，使得众多的噶当派寺院改宗格鲁派。

格鲁派异军突起。

五　达赖与班禅

宗喀巴是黄教的创始人，却不是第一世达赖。

第一世达赖喇嘛（被认为是观世音菩萨的化身）名叫根敦朱巴，是宗喀巴的著名弟子，他最大的功劳是筹建了后藏的扎什伦布（意为吉祥须弥）寺。宗喀巴的另一个重要弟子撰写了《宗喀巴传》，这就是后来被追封为一世班禅（被认为是无量光佛的化身）的克珠杰。

根敦朱巴圆寂后的三年，后藏平民家庭出身的根敦嘉措被格鲁派认定为"转世灵童"，转世说遂成惯例。

公元1530年，根敦嘉措设立了"第巴"一职来管理格鲁派庄园、农奴事务，使得自己有精力专心修行。

公元1577年，三世达赖喇嘛索南嘉措与蒙古土默特部俺答汗在青海聚会并互赠尊号，俺答汗赠给索南嘉措的尊号是"圣识一切瓦齐尔达喇（梵文意为金刚持）达赖（蒙语意为大海）喇嘛（藏语意为上师）"。从此，蒙古人宣布放弃传统的萨满教改信黄教。

也许是对黄教的过度发展心怀恐惧，噶玛政权的第巴藏巴汗下达了禁止黄教的命令。面对生死挑战，五世达赖罗桑嘉措与黄教的另一领袖罗桑曲结派人恳请已经皈依黄教的固始汗（卫特拉蒙古四部之一）从青海率兵入藏，将藏巴汗政权一举荡平。

固始汗于公元1645年驱逐了后藏的宁玛派，尊黄教另一领袖罗桑曲结为四世"班（梵文意为智慧）禅（藏语意为大）博克多（蒙语意为睿智英武之人）"。

我们不得不佩服黄教领袖们的先见之明。早在清军未入关之前，固始汗和五世达赖、四世班禅就于公元1642年派使臣前往盛京拜见皇太极。大清入主北京后，达赖又亲自率领三千人的西藏代表团前往北京朝贺，顺治以隆重的礼仪接待了来自雪域的客人。返程的路显得十分遥远，不知不觉走了一年。一天，队伍后面追来一支清朝马队，马队向五世达赖送上了顺治册封的金册和金印。从此，中央政府册封达赖成为定制。公元1713年，五世班禅被康熙册封为"班禅额尔德尼（满语意为智慧之光、德之光）"。之后，达赖以布达拉宫为中心主前藏事务，班禅以扎什伦布寺为中心主后藏事务，历世达赖、班禅互为师徒，共同主宰着万千藏民的精神世界。

说起达赖，人们的脑海里会自然浮现出慈眉善目、正襟危坐的形象，事实也的确如此。但在历世达赖中还出了一个著名的情歌诗人，名叫仓央嘉措（意为音律之海）。

他生于西藏门隅宇松地区一个宁玛派咒师之家，公元1697年被第巴桑结嘉措指定为转世灵童，继而成为六世达赖喇嘛。少年时代，他就与美丽的藏族姑娘仁珍翁姆爱得死去活来。角色与天性的冲突在他二十岁那年爆发，为了得到不属于喇嘛所有的爱情，他曾拒绝接受比丘戒。他在诗中写道："默思上师的尊面，怎么也没能出现。没想那情人的脸蛋儿，却栩栩地在心上浮现。"但他又十分矛盾："若依了情妹的心意，今生就断了法缘；若去了那深山修行，又违了姑娘的心愿。"因而恋恋不舍："一个把帽子戴在头，一个把辫子甩背后，一个说请你慢慢走，一个说请把步儿留，一个说心儿莫难受，一个说很快会聚首。"《仓央嘉措情歌》是一首首令人心醉神迷的歌，它表达的欲望如一池的云影，一天的涛声，一舟的明月，一袭盈袖的暗香，因而成为藏族文学史上一颗别样的明珠。他的文学天赋远胜于宗教才干。但这并非他人生悲剧的主要起因，他的悲剧在于，五世达赖圆寂后，桑结嘉措秘不向清朝报丧达十五年之久，并与蒙古拉藏汗矛盾激化。在桑结嘉措被拉藏汗杀掉后，未受清朝册封的仓央嘉措被康熙作为假达赖喇嘛谕旨解送北京。仓央嘉措在解送途中病故于西宁口，年仅二十五岁。如今的门巴族自称是仓央嘉措的后人，"门巴"意为居住在门隅的人。

六世达赖死了，但麻烦并未结束。格鲁派僧侣在西康理塘寻得仓央嘉措的转世灵童格桑嘉措，与拉藏汗各挟一个达赖喇嘛互争真伪。公元1717年，准噶尔部策零敦多布出兵西藏，杀死了拉藏汗，结束了固始汗子孙对西藏七十五年的控制。

清朝不会无动于衷。公元1720年，清朝出兵赶走了策零敦多布。

八世达赖强白嘉措时期，廓尔喀（尼泊尔）与西藏因银钱交换发生争执，三千名廓尔喀军人挺进西藏，洗劫了黄教圣地扎什伦布寺。清将福康安率军入藏，赶走了廓尔喀人并攻入了廓尔喀国境，迫使廓尔喀成为清朝藩属。公元1793年，乾隆规定驻藏大臣与达赖、班禅地位平等，总摄政教权力，西藏政教合一的体制正式定型。

从此，清朝将吐蕃划分为卫（前藏）、藏（后藏）、阿里三部，在这一地区生活的吐蕃人从此被称为藏族。

清代，藏人在唐代逻些遗址上建立了一个新城，取名喇萨（拉萨，意为圣地）。夏宫罗布林卡（意为宝贝园林）和冬宫布达拉（意为普陀）宫都是达赖处理政务的地方。班禅的办公地点则固定在扎什伦布寺。

六　英军进藏

英国在占领印度、尼泊尔、不丹和哲孟雄后，便像习惯了吃辣椒的人一样胃口大开，把流着口水的大嘴对准了西藏这个位于英属印度边界上、面积与西欧不相上下的广袤领土。

面对日益迫近的刀光和血腥，西藏民众和爱国僧侣被迫于公元1866年在隆吐山设立了哨卡，修建了日光护法灵庙，力图以军事、精神两种力量阻止张着血盆大口的英国人。

藏军在自己的领土上设卡，本是天经地义的事情，却成了不讲理的英国人出兵的理由。英军打着"促使西藏进入文明时代"的招牌，于公元1888年初向隆吐山哨卡发起进攻，手持古老兵器的西藏军民被迫撤退，清朝驻藏帮办大臣升泰走到了前台。在加尔各答，中英代表握手讲和，英国如愿取得了勘界、通商、自由出入西藏的特权。

果实来得如此容易，他们能从此收手吗？十五年后，又一伙英国人蜂拥而至。英国准将麦克唐纳和上校荣赫鹏纠集廓尔喀、锡克、英国联军三千余人，于公元1903年底发动了对西藏的第二次侵略战争。这支装备着新式枪炮的军队在十天之内就连续攻克了仁进岗、帕里、春丕，但在曲眉仙果被严阵以待的藏军和突如其来的大雪挡住了去路。次年3月，随着喜马拉雅山积雪消融，英国人又开始蠢蠢欲动。

接下来，是一段让"以诚实为本"的西方人感到"不好意思"的著名事件。在曲眉仙果中央的一处石墙内，气势汹汹的英军和同仇敌忾的藏军再次相遇。荣赫鹏一边暗中埋伏军队，一边要求进行和平谈判，他提出："既然双方议和，必须枪火停息。"当和谈进行到十五分钟时，将子弹暗藏在枪托装匣中的英军和埋伏在四周的外国联军突然向如约熄灭了火枪点火绳的藏军开火，曲眉仙果之战成了英国人的射击表演，上千名没有抵抗能力的藏军壮烈殉国。刽子手荣赫鹏在给妻子海伦的信中无耻地说："这些可怜的家伙全部被困在离我们的枪支仅数码的地方，大屠杀皆肇因于西藏将领的无知与愚昧。"

尽管不公平的战争使藏军元气大伤，但他们还是在接下来的江孜宗保卫战中进行了顽强的抵抗。就在双方僵持不下时，意外发生了。

正如美国人毕尔斯在《魔鬼辞典》中所言：历史，大体是恶的支配者和笨的士兵惹起的记述。当时，一位藏兵装药不慎，本方火药库被点燃，许多藏兵被活活烧死，江孜意外失守。

江孜一失，拉萨已经无险可守。破晓时分，二十八岁的十三世达赖喇嘛土登嘉措，只带了八个随从，策马北去投奔蒙古库伦活佛哲布尊丹巴，留下甘丹寺巴罗桑坚参处理善后。

英军进入拉萨那天，侵略者身着盛装，伴着廓尔喀军乐队的鼓点穿越市区。沿途的拉萨居民大声念经求雨，并且击掌表示排斥。英国人还以为受到了欢迎，不断摘下帽子向居民致意。

英国人强迫清朝驻藏大臣有泰和西藏地方政府签订了《拉萨条约》，规定西藏为英国势力范围，赔偿英军战争损失七百五十万卢比，春丕割让给英国七十五年。大为恼火的清朝撤掉了"自作主张"的有泰，远在蒙古的达赖也大骂签字的西藏官员卖国求荣，条约被搁置起来。

一个月后，被高原气候折磨得脑袋发爹的英国人开始部分撤军。撤离的英国人对西藏实施了空前的抢劫。仅麦克唐纳与另一军官劫掠的经书、神像、盔甲、瓷器等，须有四百多头骡子才能驮运。

七　麦克马洪线

在外流浪了两年的十三世达赖于公元 1906 年起身返藏，但在中途受到了清朝的制止。公元 1908 年，他奉命晋见慈禧太后和光绪皇帝。在北京，他亲眼看见了清朝的腐败无能，加上清朝又要求他行跪拜之礼，残存的一丝希望最终消失得无影无踪。在保证不反对英国后，在外游荡了五年的达赖终于踏上了归途。

辛亥革命之后，英国借机与西藏地方政府策划独立。公元 1913 年十一月，他们胁迫袁世凯在印度北部的西姆拉举行由中英藏三方参加的所谓西姆拉会议，英国全权代表、英属印度外交大臣麦克马洪，中华民国驻藏宣抚使陈贻范，西藏首席噶伦夏扎·班觉多吉参加了会议。会议由麦克马洪主持。英国人指使夏扎提出了"确定西藏的独立国，汉藏疆界重新划分"等六条要求。陈贻范当然不会答应。于是，麦克马洪按照事先预谋，以调解汉藏矛盾的名义抛出了十一条草约，进而压缩为八条，无奈的陈贻范只得在草约上签下了名字。消息传到国内，激起了全国人民的一片谴责声浪。袁世凯迫于压力，电令陈贻范不得在正约上签字。英国人的如意算盘落空了。

不甘心空手而回的英国人又搞起了小动作。在陈贻范拒签正约后，麦克马洪干脆背着中国代表，以支持西藏独立为诱饵，诱骗夏扎以秘密换文的形式，划定了一条中印东部边界的"麦克马洪线"。此线从未实际勘定，也不是两国平等谈判划定的边界，而是麦克马洪本人大笔一挥，将中印边界从喜马拉雅山南面山脚移到了山脊上，整整向北推进了一百公里，这一笔就将门隅、珞隅、下察隅三地九万多平方公里的中国领土划给了印度。古今中外获得领土之易，莫过于此。

对麦克马洪线，历届中国政府从未承认过。印度摆脱英国殖民统治后，企图继承英国的殖民遗产，继续侵占该线以南的中国领土，并深入到该线以北。中印曾于公元二十世纪六十年代爆发过大规模的边界战争。迄今为止，这九万多平方公里的国土仍被印度实际控制着，并组建了非法的阿鲁纳恰尔邦。

西姆拉会议上失去了九万多平方公里土地的现实，促使十三世达赖晚年思想发生了一百八十度转变，像小羊一样开始疏远狼外婆一般的英国。公元1920年，达赖主动向中央表达了维护祖国统一的强烈愿望："余誓倾心内向，同谋五族幸福。"

八 黎明前的黑暗

颠沛流离的十三世达赖于公元1933年突然去世，二十三岁的热振活佛被推举为摄政,负责处理达赖喇嘛暂缺时期的政务和达赖转世灵童的寻访、认定工作。他积极改善与中央政府的关系,在民国末年的凄风苦雨中顽强地维系着与中国内地的血脉联系。

热振毕竟太年轻了。他一直在寺庙中修炼,对处理政务缺乏经验,因而把柄经常落在敌对者手中。尤其是他与美丽弟媳的种种传闻,被西藏上层亲英分子渲染得活灵活现。公元1941年,内外交困的热振被迫自动让位给最信任的经教师、年逾古稀的小活佛达札。

据说两人在权力移交时,曾有几年后再行轮换摄政的密约。即便是在权力交接时,热振还与眼中闪烁着危险的老师交流着信任的目光。万万想不到,达札和汉朝的王莽一样心怀异志、善于伪装,他一旦身居高位,便一头倒向了亲英势力,对十四世达赖一味灌输独立思想,对热振极尽打压之能事。公元1947年春,恩将仇报的闹剧终于上演——热振被达札派出的军队从热振寺押回拉萨,投入布达拉宫内一座"像伦敦塔那样为高级官员设立的地牢",很快就死于所谓的"中风"。

一出独立闹剧也悄悄拉开帷幕,幕后导演还是达札,前台是达札所卖身投靠的英国人。同年三月,英国在印度新德里召集了所谓的"泛亚洲会议",邀请包括西藏在内的所有亚洲"独立国家"参加会议。为了达到不可告人的目的,他们对会场做了精心布置,一是把西藏地方藏军的"雪山狮子旗"作为西藏国旗与亚洲各国国旗并排悬挂；二是让西藏地方政府的代表坐在主席台上；三是在会场悬挂的亚洲地图上，竟将西藏从中国版图上划出。由于中国代表团的严正抗议和国内人民的强烈反对，他们的阴谋才未得逞。

八月，西藏的近邻印度宣布独立，原英国驻拉萨商务代办处也变成了印度的商务代办处。达札敏感地意识到，日不落帝国已在南亚日薄西山，自己必须寻找新的依靠。于是，他派出代表团赴美国考察商务。此时的美国正热衷于扶植蒋介石集团，只给西藏商务代表团发放了"257签证"（美国不承认国家护照），杜鲁门的会晤计划也因蒋介石要求中华民国驻美大使顾维钧参加而被取消。尽管在美国空手而归，但此前印度总理尼赫鲁和圣雄甘地以国家礼仪会见了西藏商务代表团，会见"友好而热烈"。

在新中国晨曦初现时分，西藏的独立步伐也突然加快。公元1949年七月，噶厦当局以西藏国民党官员和驻军可能引来解放军、汉人中谁是共产党真假难辨为由，制造了前所未有的"驱汉事件"，所有的汉人被驱逐出境，连寺院的汉籍喇嘛也无一幸免。他们将藏军由十四个代本（相当于团）扩充到十七个代本，并把十个代本部署在金沙江一线，拉开了以武力阻止解放军西进的架势。大战一触即发。

九　告别过去

历史一再告诉我们，在统一问题上，最能说明问题的往往不是嘴巴而是不得不使用的拳头。公元1950年一月，邓小平、刘伯承把川南行署主任召到重庆，传达毛泽东在飞机上下达的命令："进军西藏宜早不宜迟。"这位刚刚当了四天地方官的将军，就是18军军长张国华。

进藏准备工作开始了，张国华通宵达旦地工作，根本顾不上身边出麻疹的女儿小难。一天，他正要出门，两岁的女儿突然抓住爸爸的衣袖："爸爸，你别走。我好难受，好难受呀！"将军好像突然记起了父亲的责任，忙叫来医生，又亲亲这个跟着自己颠簸了大半个中国的娃娃。可是，当他开完会赶回家时，女儿已经转成急性肺炎离开了人世。心痛欲裂的将军，抛下一汪泪水，决然踏上了西去的征程。

三月二十九日，十八军先遣支队从四川乐山出发，向西康的甘孜迅猛挺进。十月六日，在和平攻势无效后，十八军发动了昌都战役，歼灭藏军主力五千七百余人，使西藏地方政府丧失了近三分之二的兵力。

昌都战役的惨败，使西藏亲帝分子开始孤立，爱国势力逐步抬头。公元 1951 年一月，摄政达札被迫下台，出生于今青海省平安县红崖村、经国民政府批准坐床、此时已十七岁的十四世达赖喇嘛提前亲政。达赖派出以阿沛·阿旺晋美为首的五名全权代表进京与中央政府谈判，双方签订了《关于和平解放西藏办法的协议》（即十七条协议），达赖从亚东回到拉萨。十月，解放军进抵拉萨，西藏回到祖国怀抱。十世班禅也从青海返回西藏，达赖和班禅顺利会晤，双方三十多年的对立冰消雪融。

公元 1954 年，达赖到北京参加了第一届全国人民代表大会，并当选为全国人大常委会副委员长。当时的中共中央给了他最优厚的待遇，毛泽东主席还亲自到住所看望他。年轻的达赖在感激涕零之余，连夜创作出了歌颂毛主席的诗——《创世主大梵天》。

然而，西藏的阴云并未散尽。一方面，上层僧侣的独立念头始终未灭。达赖的长兄当彩活佛越境去了英国，二哥嘉乐顿珠与美国中央情报局联系密切，尽管公元 1956 年达赖当选为西藏自治区筹委会主任，班禅、张国华当选为副主任，但在西藏噶伦中，除阿沛·阿旺晋美和桑颇·才旺仁增拥护中央政府外，其余四人都是坚持分裂的顽固派。由于顽固派不断设置障碍，藏军改编与农奴制改革几乎没有进展，另一方面，西方势力加紧促使西藏独立。从公元 1942 年开始，美国战略情报局特工、俄国文豪托尔斯泰的孙子伊利亚·托尔斯泰上校就潜入西藏秘密活动。公元1949年，美国国会通过了一项总额为七千五百万美元的款项，专门用于对新中国的情报工作。第二年，国防部长约翰逊又从中划出三千万美元作为西藏和台湾的"应急准备金"。

导火索则是百万翻身农奴望眼欲穿但直接侵害了少数农奴主既得利益的民主改革。为了抵制日益临近的民主改革，农奴主于公元1955年发动了试探性的康巴武装叛乱。公元1957年经美国中央情报局训练结业的康巴叛军被空投到西藏，无异于为叛乱之火浇了一桶油。于是，大规模的叛乱于公元1959年在拉萨爆发，叛乱者举起"雪山狮子旗"，高呼"西藏独立""汉人滚出去"的口号，与中央政府公开决裂。在做到仁至义尽之后，人民解放军以不足两个团的一千多兵力，在当地爱国民兵的协助下，一举歼灭叛乱分子五千三百余人。

趁着茫茫夜色，达赖等六百余名叛乱集团顽固分子仓皇出逃印度。达赖在印度提斯浦尔发表了背叛祖国的"达赖喇嘛声明"，成立了所谓的"西藏流亡政府"。之后，达赖叛乱集团被印度安置在喜马偕尔邦的偏僻山区小镇达兰萨拉。

利弊相随。顽固分子的出逃的确带来了一些负面的国际影响，同时也使西藏改革的障碍自动消除。西藏顺利实施了民主改革，废除了万恶的农奴制度，百万被压迫农奴获得了真正意义上的解放。公元1965年，人民代表齐聚拉萨，召开了西藏自治区第一届人民代表大会，选举阿沛·阿旺晋美为自治区主席，西藏自治区正式成立。

第五章　西南夷——大理国传奇

没有一颗心会因为追求梦想而受伤，当你真心渴望某种东西时，整个宇宙都会联合起来帮助你完成。

——巴西作家　保罗·科埃略

在大唐时期，吐蕃曾经与一个拥有相近血缘的兄弟共同导演了一场"刘备联吴抗曹"的三国演义，他就是同属于藏缅语族的西南夷建立的南诏。

一　来到云南

在很久很久以前，羌人游牧在风如刀、沙如鞭的青甘藏高原上。羌人一章讲到，羌的一支（包括少部分氐人）在卬率领下，离开故乡赐支河，沿着青海、甘肃、四川的山谷辗转南逃，经过数千里的艰难跋涉，漫无目的地流浪到大渡河、雅砻江流域，也就是今四川西昌、汉源和滇西北、滇东北地区。

你知道什么是幸福定律吗？幸福就是在你没有刻意追求的时候，突然来到身边的。你知道什么是快乐定律吗？快乐就是在你不慎失足落水后，口袋里却装进了大鱼。

对于这些没有奢望的流浪者来说，这里太出乎意料了——一年四季"天气常如二三月，鲜花不断四时春"，春夏秋冬都是琼花瑶草的王国。

老人们不禁感叹："啊，这里感觉像家一样！"按照规律，一个使人感觉像家的所在，除了出生的故乡，就是命运的归宿。因此，这伙流浪汉就在这个名叫西南夷的地方停了下来。他们就是中国境内藏缅语族各兄弟民族的祖先。

他们着手营造自己的家园。于是，就有了滇国，在云南滇池周围；巂昆明，位于云南洱海地区；邛都，在四川西昌地区。

因为在迁徙中形成的那份深深的患难之情，所以他们并未像西部氐、羌那样分离得那么清楚。如果非要我说弄出个眉目，我只能勉强地告诉你：大种叫昆明，以羌人为主；小种叫叟，以氐人为主。至于僰（bó）人和摩沙夷是羌人多还是氐人多就难以断定了。

二 南诏崛起

隋末唐初，昆明与叟的后人乌蛮建立了蒙舍诏、蒙巂诏、越析诏、施浪诏、浪穹诏、邓赕诏六大部落（史称六诏），而蒙舍诏位于各诏以南，故名南诏。

公元649年，南诏首领细奴逻吞并了白子国，在今巍山县修筑了巍峨的王城，然后自立为奇王，对外宣布成立大蒙国。

仿佛是一次七级以上地震，它带来的冲击波一直延伸到遥远的唐朝和吐蕃。因为洱海地区处于高原与丘陵的缓冲地带，一直是唐朝与吐蕃争夺的目标。为了控制南中地区，唐朝看中了南诏这支潜力股，并把它当成了重点扶持对象，对它从名声上和武力上进行了精心包装。南诏也很争气，经罗盛、盛罗皮、皮罗阁三代首领的努力，相继吃掉了其他五诏，统治中心也迁移到太和城（大理南太和村西）。南诏不仅被唐朝封为云南王，而且成了事实上的南中一霸。

种下希望收获的却是沮丧，唐朝皇帝的脸上布满了阴云。因为南方传来消息，羽翼丰满的南诏不再听从唐朝调遣，而且与同属藏缅语系的吐蕃结成了兄弟之邦，上演了三国时代刘备联吴抗曹的一幕。接下来的消息更加糟糕，唐朝的边镇不断受到南诏的蚕食。

唐朝甘心让"赤壁之战"的历史重演吗？

公元779年，精心准备的唐军在西川击败了吐蕃与南诏联军。因为失败之后互相推卸责任，南诏与吐蕃反目成仇。唐朝乘虚而入，与南诏举行了苍山会盟，南诏王异牟寻宣布臣服于过去的恩人——唐朝。

接下来，是一段美丽而和谐的蜜月。

后来，南诏与唐朝再次翻脸。这一次不怪南诏，只怪中原皇帝不允许别人与自己重名的混蛋逻辑。南诏王世隆即位后，因名字犯唐太宗李世民和唐玄宗李隆基的名讳，唐朝没有按惯例给予册封。世隆派人去催，得到的答复是：只要世隆不改名，就别指望朝廷赐封。

对于这种霸道的行为，一般人也就忍了，但世隆大小也是个国王，而且一向要面子不要命。世隆干脆将国王的头衔改成了皇帝，将国号改成了大礼国，不再使用唐朝历法，也不再奉唐朝为正朔，还派出军队帮助安南土著攻陷了唐朝控制的交趾，继而出兵黔中，兵围成都，主动挑起了与唐朝的战争。

前人曾经告诫我们，迎风吐口水的人将弄脏自己的衣服。世隆出了一口恶气却使国家吃尽了苦头，连年的征战使南诏迅速衰落下去。看到南诏日落西山，南诏宰相、汉人郑买嗣于公元902年联合和蛮大姓发动宫廷政变，将蒙氏宗亲八百余人残杀在五华楼下，南诏国二百四十七年的统治宣告结束，代之而起的是郑氏的大长和国。

大长和国既不长久也不和平。二十六年之后，与郑买嗣联合发动政变的和蛮大姓赵氏，将郑氏赶下台去，建立了大天兴国。不到一年，大天兴国的开国元勋、剑川节度使杨干贞废掉赵氏自立为王，改国号为大义宁国。

国王就这样换来换去，南中地区一片狼烟。难道大家就听之任之，难道就没有人能够重整破败的河山？

三　段氏大理

群众性和部落性的暴乱同时爆发。

在浩荡的暴乱大军中，走在最前面的，是南诏开国功臣段俭魏的后人、白蛮大姓、通海节度使段思平。

他从南诏东部起兵后，与滇东三十七部贵族武装和白蛮大姓高氏、董氏在石城（云南曲靖）会盟，被各路诸侯推举为盟主。公元937年，这位盟主率军到达洱海，攻破大义宁国都龙尾城（云南大理下关），驱逐了国王杨干贞，结束了南中地区长达三十四年的动乱。

顺理成章，段思平宣布建立了大理（取"大治大理，富国兴邦"之意）国，定都于羊苴咩（云南大理），设置了八府、四郡、三十七部。

早在起兵时，段思平就喊出了"减尔岁粮丰，宽尔徭役三年""赦免国中有罪无子孙者""免东方三十七部蛮徭役"等口号，因而赢得了万民的拥戴。当了皇帝的段思平并未食言，他减免了繁重的徭役，调"理"了政策法令和部落关系，开始向"天下大理"的目标迈进。

公元944年，段思平在巡视途中病逝。一个豪雄，就这样完结了一个花开花落的不凡人生。人们关注的是，他那刚刚有点眉目的"大理之花"还会迎风怒放吗？

儿子段思英继位仅仅一年，就因昏庸被叔叔段思良代替。

段思良之后，大位在其子孙中传了七代，将近百年。后来年幼无能的段素兴引起国人不满，而段思平的玄孙段思廉却人望很高，于是，布燮（相当于宰相）、白蛮大姓高氏废素兴而立思廉。

因为拥立之功，高氏开始凌驾于各个白蛮大姓之上。段思廉在位三十一年而出家，儿子段廉义继位后，政务全权委托高智升处理。大理国出现了"段与高，共天下"的局面。

接下来的一段曲折，使得局面愈加恶化。公元1080年，白蛮大姓杨义贞杀死段廉义自立为广安皇帝。危难时刻，高智升和儿子高升泰挺身而出。几经周折，高氏举兵讨平了叛乱的杨氏。

为了酬劳高氏集团的勤王之功，国王先是封高氏为善阐（昆明）侯，后来则让高氏留住皇城，成为又一位挟天子以令诸侯的"曹操"。从此，一切都是高氏说了算。

死去的段廉义无子，因此高氏拥立其侄子段寿辉为国王。大概是烦透了做傀儡皇帝的日子，段寿辉仅仅当了一年国王就到天龙寺出家当了和尚。之后，高智升立段思廉的孙子段正明为帝。段正明生性懦弱，是个地地道道的傀儡，并不像《天龙八部》里描写的保定帝那般明智练达，实权一直掌握在高智升和儿子高升泰手中。

高升泰掌权久了，想过过皇帝瘾，便于公元1094年以"天变不祥"和段正明"为君不振"为名，逼迫段正明出家为僧并禅位给他，精心导演了一幕篡废大戏，将国号改为大中国。

四　挂名君主

大理并非中原，改朝换代不是只有当权者说了算。当时大理世族领主们势力很大，几乎与官府平起平坐。高升泰称帝独大，打破了部族间的平衡，因此处境非常孤立，还落得一身骂名，在位仅两年便郁郁而死。临终，高升泰命令儿子高泰明将王位还给段氏，并叮嘱后人千万不要仿效他。

高泰明遵照父亲的遗言，让段正明的弟弟段正淳继位大理国王，史称"后理国"，高泰明被封为中国公。

后理，其实国号还是大理，只不过史家如此区分而已。虽然国王是段氏，但相国却由高氏世袭，朝廷被高氏玩弄于股掌之中。发展到后来，外国来使，先见相国，后见段王。在后理国，高氏的地位如同幕府之天皇、镰仓之将军、战国之足利公方，段氏不过是徒有虚名的摆设罢了。这种名不正言不顺的局面，一直延续到元朝灭亡大理的那一天。而国人在此期间，始终称高氏为高国主。

段氏不是一点想法也没有的。安文帝段正淳登基后，力图通过改革振兴王室，可惜安文帝在位十一年后，彗星、瘟疫等种种不祥之兆接踵而来，加上手握兵权的高氏设置障碍，最后不得不走上"禅位为僧"的传统老路，让位给儿子段和誉（段正严）。

这位大理国第十六代皇帝，从北宋徽宗年间接班，直至南宋高宗绍兴十七年禅位为僧，在位长达三十九年。在漫长的岁月里，他甘当傀儡，几乎毫无作为。此后，后理国又传了六世，始终也未改变段氏挂名君主、高氏掌握实权的尴尬局面。

长期的气血不调必然引起身体恶化，宋朝末年的大理国已被高氏折腾得满目疮痍、奄奄一息。到了后来，高氏集团为了争夺布燮发生内讧，东方三十七部趁机拥兵自重，大理国出现了"酋领星碎，相为雄长，干戈日寻，民坠涂炭"的惨象。这种持续的混乱局面，为忽必烈灭亡大理国铺平了道路。

公元1253年，蒙古大军兵分三路挺进大理，除一路被宋军所阻外，其余两路顺利进入云南。忽必烈亲率中路军经青藏高原南下，纵马越过空气稀薄的雪山，以革囊渡过湍急的金沙江，于第二年底发动了对大理国都太和城的总攻。大理国的实际统治者——布燮高泰祥进行了死命抵抗，在让蒙古人付出了血的代价后兵败被俘。高泰祥在五华楼前被斩首示众，死前仍高喊对不起他所服务的段氏。

就在高泰祥为国家挥洒热血的时候，最应该站在城头的段兴智却选择了逃跑，逃跑的方向是东部靠近宋朝的善阐。元朝当然不允许作为大理标志的傀儡国王苟延残喘，第二年春天就发兵擒获了他。

至此,传二十二王、立国三百一十六年的大理淡出史册。

元朝在云南建立了行省,做了俘虏的段兴智被意外地任命为世袭总管,还被蒙哥汗赐予了"摩诃罗嵯"(梵文意为大王)的荣誉称号。不过,段氏的所有头衔不过是一个口头上的名誉而已,实际权力有多少应当管多少事他们自然心知肚明。

尽管是一种名誉职位,但毕竟是一种形式上的承认。大理段氏继续世代担任元朝的大理总管达一百三十年之久,直到元朝灭亡后,仍然效忠已经逃到草原上的元朝,以武力抗拒明朝的统一。公元1381年,朱元璋派傅友德、蓝玉、沐英三员大将领兵征讨云南,元将达里麻战败被擒。第二年,明军进逼大理,末代总管段世请依唐宋故事降附,傅友德因为明朝"改土归流(废除世袭土官,改用流官治理)"而断然拒绝了他的要求,进而攻克羊苴咩城,使段氏第十一代总管沦为阶下囚。

此后,段氏已无尺寸之土。但皇皇中华,六合一家,处处又都是段氏子孙的安身之所,连台湾也有大理段氏后裔。然而,他们中的多数人还是留居云南,以不离故土的方式缅怀着先辈的辉煌与荣耀。

五 藏缅语族的兄弟姐妹

在如今中国西南边陲的青山碧水之间,生活着十三个古老得不留一点痕迹、遥远得望不到尽头的民族，他们的民族服饰五颜六色，他们的生活习俗千奇百怪，但他们有一点是共同的，那就是来自于同一个语族——藏缅语族，都是中国西部的氐羌后裔。

（一）风花雪月里的白族

以大理石和风花雪月（下关的风，上关的花，苍山的雪，洱海的月）闻名于世的云南大理，曾被誉为南方丝路上的国际通道，也曾是一条绵延千年的茶马古道，这里就是大理国后人白族生活的地方。

白族属白语支，通用汉文，总人口约二百一十万，大部分居住在云南大理自治州，其余分布在云南各地及贵州毕节、四川凉山、湖南张家界等地。白族的先民最早可以追溯到氐羌部落，汉代被称为僰人，白子国和大理国就是他们引以为荣的历史记忆。

大理是电影《五朵金花》的故乡，因古迹众多、佛寺林立被称为"妙香古国"，以山水云石和风花雪月引来了如织的游人。

（二）阿诗玛的故乡

这是一个诗意的民族，长篇叙事诗《阿诗玛》在这里广为流传，阿诗玛和阿黑分别成了彝族姑娘和小伙的美称。而且，大三弦舞和阿细跳月像内地的流行歌曲一样风靡彝区。这还是一个智慧的民族。

早在十三世纪，他们就创造出了自己的"十月太阳历"（即彝夏太阳历）：将一年的三百六十五点二五天平均分为十个月，每月三十六天，多余的五天用来"过年"。

彝文字是一种音节文字，现有八百一十九个规范彝字。总人口九百八十多万，聚居在云南、四川、贵州、广西。我国卫星发射基地西昌，就是凉山彝族自治州州府。彝族源自氐羌，汉代叫巂昆明、叟，魏晋南北朝时期叫乌蛮，唐朝之后被称为夷人。红军长征途经彝区时，总参谋长刘伯承曾与彝族首领小约旦在彝海结盟，演绎出一段因诚释惑的曲折往事。公元二十世纪五十年代的一天，毛泽东在研究民族识别问题时突然提议："能否将夷改成彝呢？"接着，他操着浓重的湖南口音幽默地解释道："彝字里面有米有线，有吃有穿多好哇！"于是，中央政府在征得夷人同意后，正式改夷为彝。

（三）玉龙雪山下

在终年积雪、晶莹剔透的玉龙雪山怀抱里，生活着一个有着悠久历史和灿烂文化的民族——纳西族。纳西族人口有三十多万，属藏缅语族彝语支，现通用汉文。

纳西族源于牦牛羌。秦汉时期，牦牛羌的一支摩沙夷在今四川盐源东北与叟和巂昆明杂居，被称为么些蛮，后来建立了"六诏"之一的越析诏。纳西（纳有大、黑二意，西的意思是人）是他们的自称。

纳西人在公元七世纪创制的象形表意文字东巴文和音节文字哥巴文，是世界上唯一保留完整的"活着的象形文字"。

居住在泸沽湖（意为母海）的纳西分支摩梭人，一直流行散发着原始气息、融注着浪漫情调的阿夏（意为亲密伙伴）婚姻。其特点是男不娶妻，女不嫁夫。彼此不算夫妻，而以阿夏相称。所生孩子归女方抚养，生父可以在孩子满月时举办宴席，承认彼此血缘关系。这是一种以感情为基础的婚姻家庭模式，对此，外族人不必大惊小怪。

纳西族聚居的丽江古城街巷幽深、清泉密布、家家流水、户户垂柳，于公元1997年被联合国教科文组织列入了"世界文化遗产名录"。

（四）哈尼梯田

在色红如染的红河谷里和哀牢山、无量山区，繁衍着一个一百七十多万人口的民族——哈尼族。哈尼人家中都有几段打了结的绳子，被珍藏在家中最安全的地方，它是主人的账本，记录着借贷、离婚、典当土地等要事。这种结绳记事的方法，长期流行在只有民族语言而没有民族文字的哈尼人中间，直到公元1975年创制了拼音文字。

很久以前，一支羌人部落从西北南下，消失在南方的密林中。后来，一支被称为和夷的新兴农耕民族在羌族消失的地方崛起。他们的第一个聚居地就是传说中的"努玛阿美"（大渡河与金沙江交界处）。不久，因为周边民族的攻击，他们被迫辗转南迁到今滇池、洱海沿岸。在这里，浦尼向他们发起了突然袭击，他们无奈地开始了第三次大规模迁徙。在一千年的颠沛流离中，他们一次次创建家园，又一次次眼睁睁地看着家园落入他人之手。疲惫的队伍最后在贫瘠的哀牢山、无量山定居下来，他们劈山石、开山路、搭田埂，开始用愚公移山的精神，一代一代在人迹罕至的半山坡上开垦梯田。

于是，与举世闻名的金字塔、空中花园、长城相提并论，被列为人类一百个伟大工程之一的哈尼梯田诞生了。如今，哈尼梯田共有七十万亩，镶嵌在海拔六百米到两千米之间的山坡上，坡度都在七十五度以上。

群山深处，哈尼梯田一层一层漫向田野，朝着天际铺陈。面积最大的老虎嘴梯田落差达一千四百米，占地一千七百亩，粗略估计有五千级之多。而印加人的马丘比梯田也不过八百多级。

公元1999年，联合国教科文组织亚太地区官员理查德面对哈尼梯田慨叹说："我一见到它，魂好像都丢掉了。哈尼梯田简直是人与自然高度和谐的典范。"

（五）以黑为美的拉祜

云南澜沧江拉祜（hù）族自治县和孟连、双江自治县的拉祜人，被认为是特点最为鲜明的民族之一。那黑帽、黑褂、黑裤、斜背猎枪的装束，使你能在任何地方、任何环境中一眼辨认出他们。

他们的祖先也是南下的氐羌部落，汉时被称为昆明之属，后来受到南诏打压，历经十个世纪辗转南迁到澜沧江畔，有拉祜纳（黑）、拉祜西（黄）和红河州"苦聪"（意为高山上的人）等分支。公元1985年，国家恢复了苦聪人的自称——拉祜（含义为猎虎）。他们属于彝语支，如今人口将近五十万。

拉祜族人以黑为美，自称是从葫芦里孕育出来的民族，以葫芦作为民族象征。

（六）挂在山壁上的傈僳

在云南怒江傈僳（lì sù）族自治州和丽江、迪庆、大理、楚雄及四川盐源、盐边、木里的崇山峻岭中，居住着一个以冒险著称的民族，其田地挂在山壁上，木楼架在山坡上，就连农历二月初八的刀杆节，也是比谁能赤脚蹬着锋利的刀刃爬上杆顶，这个民族被称为傈僳族，属藏缅语族彝语支，现有人口七十多万。

傈僳族与彝族同源。元明时期因不堪丽江土司的压榨，在酋长括木必的率领下，跨过湍急的金沙江、澜沧江，翻越高高的碧罗雪山，来到怒江流域。还有一部分人跨越国境线，进入了缅甸、老挝、泰国，其中缅甸的三千四百多万缅族，就是他们的同胞。

让人津津乐道的，是傈僳族社交仪式上的"同心酒"。饮酒时，男女主人取来竹筒酒，与客人相互搂着对方的脖子和肩膀，脸贴脸地仰面同饮，使酒同时流进双方的口中，不得有酒溢流滴地，否则就要从头再来。饮同心酒是不避男女之嫌的，即便是在夫妻同宴的情况下，丈夫与其他女子或妻子与其他男子同杯喝尽，双方都不会无端地吃醋。

（七）舅舅的后代

基诺族是一个人口较少的民族，如今只有两万六千多人。公元1979年六月六日，他们才被国务院正式宣布为单一民族。

他们的来历非同寻常：传说诸葛亮率军南征普洱、思茅时，几个士兵因贪睡被"丢落"在途中，醒来后他们日夜兼程，终于在西双版纳的小黑江赶上了大队人马。而诸葛亮为严肃军纪，不再收留他们，给他们一包茶种、一包棉籽让其自谋生路。这些人便在基诺山一带定居下来，入赘当地的少数民族，后来"丢落人"渐渐变音为

"基诺人"。

如果你表示怀疑，基诺人会反驳说：为什么我们如今仍供奉着诸葛亮呢？为什么我们的竹楼要以孔明的帽子为式样呢？

据说，基诺族的含义是舅舅的后代。成年男子晚上到自己的女人家同居，白天要回到母亲和舅舅身边，因而在家中没有"爸爸"，只有孩子的"舅舅"。这一称呼，无疑残留着母系氏族社会的遗风。的确，原始社会的脚步在这里停留了很久很久，直到公元二十世纪五十年代初期，氏族公社的炊烟仍在这方水土的上空袅袅飘荡。昔日的大公房、残存的刻木记事、恢宏厚重的大鼓声、浓郁的基诺族风情，像一块巨大的磁铁，深深地吸引着淳朴的基诺人。他们如今居住在云南西双版纳景洪市基诺民族乡和周围山区，语言属于彝语支。

（八）跨境的景颇

景颇族是一个跨境民族。他们的先民早期被称为氐羌、西南夷、叟、乌蛮、寻传蛮、峨昌。明清之交，峨昌分成了景颇和阿昌两部分。后来，景颇又分成了两支，其中一支迁徙到今云南德宏傣族景颇族自治州和怒江傈僳族自治州，他们就是今景颇人，现有人口十六万，属于景颇语支；另一支走出了国门，他们就是今缅甸克钦邦的克钦族。

（九）一刀一线打天下

这是一个靠手艺吃饭的民族。男人打造的户撒刀和女人制作的过手米线，完全可以称得上是独门绝技。他们属于景颇语支，与景颇族乃一奶同胞，明末清初与景颇族分离，清代起名阿昌。

靠手吃饭的阿昌人也不缺少浪漫。无论在村边、寨旁，还是赶街的路上，随身带着葫芦箫的男青年只要遇到心仪的姑娘，便吹起动听的乐曲，上前询问姑娘的芳名。如果姑娘情无所属又有意相识，便会巧妙地回应。心领神会的小伙子则主动提出送姑娘回家，姑娘则以"要送就要送到寨子头，不能送半路"回复对方。于是，一段爱情故事便开始叮咚流淌。

每当夕阳西下，月上树梢，年轻的小伙子便一个个悄然来到心爱的姑娘门前，吹起葫芦箫，用缠绵的曲调向心上人传递相思。姑娘听到这亲切而熟悉的曲调，必然会借故外出与情人幽会。在火塘边，小伙子和姑娘含情脉脉地相对而坐，或对唱情歌，或窃窃私语，直到那可恶的雄鸡报晓的黎明。

（十）独龙江上独龙人

在云南贡山独龙族怒族自治县，奔腾着一条神秘而湍急的河谷，她就是发源于西藏伯舒拉岭雪山最后注入缅甸的独龙江。独龙江沿岸，群峰竞秀，古木争奇，瀑布飞悬，乱云飞渡，藤网桥飞架两岸。在这个神秘的河谷地带悠闲地栖息着仅有七千三百多人的独龙族。

他们属于景颇语支，没有本民族文字。民族内部有五十多个父系氏族，每个氏族中又划分成若干个兄弟民族。他们传统的生活方式是以家族公社为中心的原始共产制。家族长负责处理协调公共事务，族人同耕共食，儿媳轮流煮饭，吃饭时由主妇按人头平均分配。

在喧嚣纷扰的现代，这是一方没有污染的净土，至今路不拾遗，夜不闭户，被誉为不锁门的民族。

（十一）故乡的追思

在云岭地区的大山中，也就是云南兰坪、丽江、永胜、维西、宁蒗县和四川木里、盐源县境内，居住着四万五千多自给自足的普米族。他们史称西番、巴苴，因皮肤白皙而骄傲地自称普英米、普日米（意为白人）。新中国成立之后统称普米族。

普米族的先人是陇川甘交界处的氐羌游牧部落，后来从高寒的大西北向温暖的大西南进行了历时千年的迁徙。公元十三世纪中叶，部分青壮年随忽必烈远征云南，从此开始了农耕生活。

千百年过去了，我们仍能感受到普米人对民族发源地——北方草原的孜孜眷恋。宁蒗地区的普米族妇女那束腰、多褶的长裙中间，通常都横绣着一道红色的彩线。她们说这是祖先迁移的路线，人死以后需沿着这条路去寻找自己的归宿，否则就回不了魂牵梦绕的老家。

(十二) 怒江峡谷深处

横断山中，有一条气势磅礴的大江，狂涛巨浪伴着震天的咆哮，由地之北向地之南一泻千里，这就是著名的怒江。纵贯大地六百公里的世界第二大峡谷——怒江大峡谷，集雄奇俊秀于一身，时而有云遮雾罩飘飘然的虚幻，时而有云消雾散赫赫然的伟岸，是一个远足、写生、猎奇、休闲的绝佳去处。

怒族人口现有三万七千多人，以大小不等的聚居形式，断断续续地分布在怒江沿线五百公里的地段上。他们本叫潞蛮，因为云南人潞与怒不分，久而久之他们被喊成了怒蛮，身旁的大江也被命名为怒江。直到明朝，他们才将蛮字去掉直称怒人。

(十三) 巴人的后裔

他们是南方顽强保留下来的为数极少的土著民族之一，但从语言学上考察，他们应该有着一定的氐羌血统。

早在茹毛饮血的洪荒时代，今湖北清江一带的洞穴中就活跃着一个古老的巴人部落。部落头人为了摆脱穷山恶水，率领巴人沿清江向盐阳迁徙，进入了鸟鸣山幽的武陵山、大娄山、大巴山区。武王伐纣时，巴人曾随同东征。春秋战国时代，巴人首领也顺应潮流自称巴王。五溪蛮、思州蛮、播州蛮是唐朝强加在他们头上的不雅之称。元明时期，尽管他们自称毕兹卡（意为本地人），朝廷却称他们为土蛮。直到文明之火照亮中国的近代，土家族这一中性词才出现在文献中。

土家族属于藏缅语族，人口已近一千万，居住在湖南湘西土家族苗族自治州、湖北恩施土家族苗族自治州及四川、重庆一带。

土家人的祖先独具慧眼，因为他们生活的武陵源风景区（包括张家界）尽管"养在深闺人未识"，但"天生丽质难自弃"，最终在二十世纪八十年代被政府"隆重推出"，成为旅游王国里的一个"绝代佳人"。

第六章 越人——从"卧薪尝胆"说起

留下一个诺言,却一去不复还。

——智利诗人 巴勃鲁·聂鲁达

一位导游告诉我，仅仅在四季如春的云南，人口超过八千的少数民族就有二十多个。我刚刚讲述了藏缅语族的十三个兄弟，显然还有若干民族之花在祖国的大西南尽情绽放着，如与孔雀为伴的傣族，演唱复调音乐的侗族……

一　诡异的战法

公元前496年,越王允常刚刚驾崩,吴国就发兵攻打越国。

在明眼人看来,这几乎就是一场没有悬念的较量。

作为进攻方的吴王阖闾(hé lǘ),不仅有"战神"孙武和"智多星"伍子胥辅佐,他和儿子夫毅还亲自上阵,并且带来了三万攻无不克的精兵。

再来看防守一方的越国。

越国的祖先越人是中国南方相当古老的一个族系,越人之所以称越,是因为习惯使用砍伐林木的钺(石斧)。尽管越人以强悍与好战著称,但直到公元前510年才由允常建立了越国。后来,由于允常暗中帮助过吴王阖闾的政敌,所以得罪了对方。

听到越王允常驾崩、越国忙于新老交替的消息,阖闾认为这是报仇雪恨的绝佳机遇,便不听孙武、伍子胥的极力劝告,不等准备工作就绪,就率兵南下三百里,前去教训立足未稳的句(gōu)践。

在吴王心目中，曾经以三万精兵横扫二十万楚军的吴国雄师，对付一个羸弱的越国，实在是件轻而易举的事情。

事实果真如此吗？

刚刚继位的越王句践当然不甘心束手就擒，便紧急调集部队北上，与吴军在檇李（zuì lǐ，浙江嘉兴西南）遭遇。

句践派出敢死队正面猛击吴军，但吴军阵形不散，岿然不动。句践再次组队冲击，仍旧无功而返。似乎，老谋深算的阖闾并不急于出手，他要等待对方"一鼓作气，再而衰，三而竭"之后，再倾全力给予致命一击。

战争也是艺术，它充满了磅礴的气势，灵动的变化，惊人的胆略和天才的创意。只有你想不到的，没有敌人做不到的。

之后，极端鬼魅的事情发生了。年轻的句践派死刑犯首先出阵，排成三行，把剑放在脖子上，一个个陈述表演后，自刎于阵前。吴国士兵想不通对方军人为什么自杀，纷纷挤向阵前，以便近距离地观赏这一军事奇观，居然看得忘了神，傻了眼，你推我搡，阵形大乱。

机不可失，句践挥戈发动冲锋，以山呼海啸之势猛击阵形已散的吴军，吴军仓皇败退，稳操胜券的阖闾不仅大败，而且脚趾中了毒箭溃烂而死。

一向按兵法作战的阖闾"马失前蹄"。这正应了美国西点军校的那条军规："专业士兵的行为是可以预测的，但世上却充满了业余玩家。"

阖闾的儿子夫毅也不幸死去，太子夫差（fū chāi）继任吴王。

战后，阖闾连同他爱不释手的鱼肠剑，被葬在今苏州的虎丘，遗体用三重铜棺下殓，四周灌入水银为池。葬后三天，坟上升腾起一团白雾，形如一只下山的猛虎，吴人说那是阖闾不死的冤魂。

而侥幸获胜的越国，躲在暗处窃喜不已。

二　卧薪尝胆

身怀国仇家恨的夫差，常常安排一人立于内宫庭院，每当夫差出入，此人就面对夫差大喊："你忘掉越王杀父之仇了吗？"夫差随口应答："深仇大恨，岂能忘怀！"

与此惊人相似的是，在相隔数千里外的波斯，也是在同一时期，国王大流士为铭记雅典人对他的侮辱，每当进餐时都让一位侍从在他耳边喊三遍："老爷，勿忘雅典人！"

很快，夫差便重建起一支令人恐怖的军队。消息传到越国，越王开始寝食难安。

足球圈里有句行话：进攻是最好的防守。越王句践对此深信不疑，因此决定先发制人。

公元前494年，句践与夫差在夫椒（今太湖洞庭山）展开会战。结果，三万越军被十万吴军打得落花流水。越国大将灵姑浮阵亡，越国水军全军覆没，句践被迫带领五千名残兵败卒退守会稽山。为免于亡国，句践派人向夫差请罪，表示甘愿做吴王的仆人。

一位波斯人告诫帝王："你不要把弱小的敌人傲慢地看待，骨头里都有骨髓，衣衫里都有人在。"

可夫差未听从伍子胥杀句践以绝后患的建议，答应了句践到吴国为奴的请求。说穿了，这是夫差的虚荣心在作祟。另一个原因，就是夫差身边有一位小人——太宰伯嚭（pǐ）。

伯嚭鼻子上的白粉是后半生涂上去的，当初他和伍子胥一样因遭受迫害从楚国逃到吴国，后来怀着刻骨的仇恨与伍子胥一起参与了对楚平王掘墓鞭尸事件。

但从吴国取得攻越胜利开始，他就与伍子胥在灭不灭越国的问题上发生了争执。在拿了越国的"好处"后，伯嚭更是积极地为句践奔走斡旋，直到把句践从泥潭里拽出来。

古代的政治军事斗争你死我活，瞬息万变，忍受暂时的屈辱，磨炼自己的意志，寻找合适的机会，也就成了一个成功者必不可少的心理素质，所谓"尺蠖（huò）之屈，以求信也；龙蛇之蛰，以存身也"就是此意。

句践在吴国当臣仆三年，住囚室，服劳役，替夫差驾车养马，受尽了唾弃和凌辱。据说，有一次夫差病了，句践亲自去尝夫差的粪便，然后用一种唯恐别人听不到的惊喜声调说："病人的粪便如果是香的，性命就有危险；如果是臭的，表示生理正常。大王的粪便很臭，一定会立即痊愈的。"

就是这种在常人看来装模作样的"忠诚"，却深深地感动了夫差。三年后，夫差允许低三下四的句践回国。

夫差的这一做法，使我想到了美国独立战争时期的政治家塞缪尔·亚当斯针对主张妥协的人发表的那段著名演讲："如果一个人有力量抓住恶狼，却不拔去尖牙利爪就把它放掉，那他一定是个疯子。"

句践回国后，第一件事就是遍求破吴良策。一位名叫文种的大臣针对吴强越弱、吴荣越辱的格局，搜肠刮肚，熟虑深思，一下子向句践献上了七种破吴秘方："一是用货币取悦吴国的君臣；二是高价买吴国粮草让他们的积聚空虚；三是送上绝色美女迷惑夫差的心志；四是送去巧工良材让其大造宫室导致财富穷尽；五是贿赂吴国的佞臣帮我们说话；六是强其谏臣自杀削弱夫差的辅助力量；七是积累财富操练兵马等待吴国出现问题。"

句践一一照办。他组织选拔越女西施（又称西子，诸暨苎萝村人，据说她在浣江浣纱时其美貌使游鱼忘记呼吸沉入水底）和郑旦（字修明，鸬鹚湾村人）送给夫差。轻民赋，重生产，并亲自下田耕种，让夫人带头纺织，在十年内完成了富民强国的既定目标。与此同时，偷偷打造兵器，训练军队，建立起了一支同仇敌忾、训练有素的精兵。

更令人惊叹的是，句践冬常抱冰，夏还握火，食不加肉，衣不重彩，睡觉时卧薪，出入时尝胆（成语卧薪尝胆从此诞生），并经常提醒自己："你忘记会稽之耻了吗？"

三　三千越甲可吞吴

一方卧薪尝胆，另一方却歌舞升平。

在风景秀丽的灵岩山，夫差建造了金碧辉煌的馆娃宫，也就是今天所谓的"美女集中营"，作为自己与比香香不语、比玉玉无瑕的越女们调情嬉戏的地方。

夫差沉醉在温柔乡里，就像愚蠢的孔雀一见参观者就骄傲地开屏一样，再也不把越国放在眼里，并且最烦别人说越国的坏话。投其所好，他的周围聚集了一伙唯命是从、阿谀逢迎之徒。我于是想起了安徒生那篇著名的童话："所有人都装着相信皇帝穿着天下最漂亮的新衣，只有一个孩子高喊：'他什么也没有穿！'"

结果，孩子被孤立了，因为众人皆醉他独醒。这个独醒的"孩子"就是伍子胥。

伍子胥不厌其烦地告诫夫差远离美色、警惕越国，结果招致了被颂歌包围的夫差的厌恶。早就试图取而代之的伯嚭趁机落井下石，伍子胥最终落了个被逼自杀的下场。

而那位"将星"孙武早在灭楚之后就已经悄然归隐，息影山林。在那里，他根据自己训练军队、指挥作战的经验教训，给后人留下了一部经典的兵书——《孙子兵法》。

就凭这短短的十三篇五千字的兵法，他与孔子、老子一起被称为春秋末期思想界上空三颗明亮的星体，被古今中外的军事家一致尊崇为"兵家鼻祖"。就连海湾战争中趴在沙漠里的多国部队的大兵们，每人怀中都揣着一本《孙子兵法》。

按照"洼地效应"，资源向君主英明、制度先进、国力强大的地区流动。既然人才开始外流，只能证明吴国正在从山顶急剧下滑。

越国则恰恰相反，人才正受到空前的重视。

句践以文种理国政，以范蠡治军队，用超群绝伦的文武二将托起了越国的太阳。伍子胥自杀的第二年，即公元前482年，当吴国大举北伐齐鲁，到达航空距离七百公里以外的黄池（河南封丘），后方空虚之时，蓄势已久的句践不失时机地突入吴国，放火焚烧了西施和夫差的"安乐窝"——姑苏台。又在姑苏城外，将狼狈回援的夫差一举击溃。

昔日高高在上的夫差只好向句践低声下气地求和，句践也乐得乘胜班师。算起来，此战距句践被俘不过十年。

吴王老了，昔日教卫士呼喊他不要忘了杀父之仇的英雄气概，已经成为遥远的过去。在越军撤退后，他没有振作起来，反而像鸵鸟一样，把头埋在以西施为首的美人窝里，得过且过，苟延残喘。这不仅使我想起了"温水效应"中的青蛙：瓶子里的青蛙由于感受不到渐渐升高的水温，失去了一跃而起的动力和激情，只有在水温接近沸点时死去。

九年后，攒足了力量的句践发动总攻，彻底击败了疲于应付的吴军，夫差从姑苏趁夜色逃到阳山（今江苏万安山），仍被越军团团围住。文种宣布了夫差六大罪状：一是杀忠臣伍子胥；二是杀谏臣公孙圣；三是重用小人伯嚭；四是数次挞伐无罪的齐鲁；五是数度攻打应和平共存的越国；六是越王杀掉吴王，而夫差不知报仇，反而纵敌为患。前五条还算勉强，最后一条未免令人啼笑皆非。

无奈之下，夫差请求仿效二十年前的他，准许吴国降为越国的附庸国。句践不许，夫差只得自裁。他自裁前对侍卫说："我没有颜面在地下见伍子胥，请用布蒙上我的脸。"其实，还有一个原因没有总结，那就是他败在最欣赏的小人（伯嚭）和最宠爱的女子（西施）手上。

除掉了夫差，占有了整个吴国，句践终于实现了刻骨铭心的誓言。正所谓，苦心人，天不负，卧薪尝胆，三千越甲可吞吴。

吴灭之时，本应是越国君臣弹冠相庆的日子，但君臣只能同辱不能共荣的历史悲剧已经开场。

武臣范蠡还算聪明，他不顾句践的恳切挽留，乘盈盈西风，驾一叶扁舟，涉三江，入五湖，泛大海，听凭丝雨拍打他的行旅，最后流落到桃花掩映的齐国陶山做了隐士，闲暇时做起了买卖，竟不知不觉成了商场巨贾。

据说，范蠡临行前，给文种留下一封信："飞鸟尽，良弓藏；狡兔死，走狗烹。越王为人长颈鸟喙，可与共患难，不可与同乐。子何不去？"为此，文种曾经动心过，但他终究舍不得多年辛苦拼来的荣华。

后来，句践亲自登门拜访这位名闻天下的功臣，并不阴不阳地说，我用了你七术中的三术就灭了吴国，你剩下的四术将派何用场？

文种无言以对，句践扔下伍子胥自杀用过的"属镂剑"扬长而去。

"留下一个诺言，却一去不复还。"这本是一句简洁而浪漫的诗，却化为一位传奇人物陨落的悲伤。他曾在漫长的岁月里与国王共苦，如今却没有任何机会与之同甘。直到此时，文种方才仰天长叹自己愚不可及，口中吟咏着范蠡的绝世忠告伏剑自杀。

在吴国灭亡不久，对句践有姑息、保护之功的伯嚭带着得意的神情来到越廷，恬不知耻地向句践求赏。然而，他太不了解曾经向他行过贿、磕过头的句践了。因为按照正常的思维，任何明智的君主都不会喜欢吃里爬外、卖主求荣的小人。于是，句践借伯嚭的人头警示自己的臣民："这，就是不忠诚的代价！"

那位在灭吴中不算无功的西施也未能幸免，据说王后担心她犹存的风韵让句践分心，因此将她装入皮袋沉入了钱塘江。望着水中冒出的气泡，句践夫人幸灾乐祸地说："此亡国之物，留之何用？！"

三千年后，我们仿佛仍能听到她被溺死前惊恐挣扎的哭声。唐末诗人罗隐不无遗憾地说：

家国兴亡自有时，时人何苦咎西施？

西施若解亡吴国，越国亡来又是谁？

灭掉吴国、杀掉功臣后，句践率军北渡淮河，与齐国、晋国等诸侯在徐州会盟，并发起了对徒有虚名的东周王室的进攻，逼迫周元王封句践为伯，越国成为名副其实的春秋一霸。当了霸主的句践于公元前468年把首都从诸暨迁到了北方六百五十公里外的琅琊（山东胶南），使得齐国和鲁国不得不恭敬地对待这位从前的"野蛮人"。

同样富有谋略的句践之子朱句驾崩后，有勇无谋、底蕴不深的越王后裔再也没有能力维持一个庞大的政权，各部落酋长纷纷拔帐而去，越国像暴风下的沙堆，不断地层层吹散。公元前379年，越王只好放弃琅琊，南迁会稽（今浙江绍兴，如今绍兴仍简称越）。时隔六年，越国被楚威王发兵击败，句践六世孙——末代越王无疆被乱兵所杀，立国一百六十五年的越国走出历史的视线。

四　以卵击石

渴望独立，是任何一个民族不可逆转的天性。

越国灭亡后，王族纷纷沿海岸线向南逃窜，被统称为"百越"。其中一支进入福建，同土著结合形成了"闽越"。无疆的第七代孙无诸自立为闽越王，但后来被秦朝降为闽中郡君长。

他当然不死心。秦末，也许是得到了事后封王的承诺，无诸率领闽越兵团参加了反秦阵线。秦朝灭亡后，执掌政令的项羽并未封无诸为王。这是一种受愚弄的感觉，就如同一个大人给孩子舔了一口糖，然后指着一堆臭袜子说："把它们洗干净，糖就属于你了。"可当孩子使出吃奶的力气洗净袜子后，大人却说："这些臭袜子卖给收破烂的了，根本没有洗的必要。"

后来，楚汉战争爆发，无诸带着被愚弄的怨愤，率兵协助刘邦打垮了项羽。这一次他没有失望，刘邦在公元前202年立无诸为闽越王。

无诸病逝后，在深宫里长大的儿子郢（yīng）即位。这位没有经历过创业艰辛的小国王，根本不懂得树大招风的道理，也不注意收敛我行我素的个性。在吃饱喝足之后，竟然因为试图吞并东瓯和南越等邻近小国，与作为天下家长的汉朝发生了摩擦。公元前135年，闽越出兵攻打南越，进一步惹恼了同样我行我素的汉武帝。

很快，汉武帝就组织起一支大军，由严助率领兵进福建。汉军刚到边境，郢的弟弟余善便杀郢降汉。经历了这次变故以后，汉廷将闽越地盘一分为二，封繇君丑为越繇王，封余善为东越王。

善于看风使舵的余善与汉廷之间长达二十二年相安无事，这种和谐的态势在公元前112年急转而下。当时，南越宰相吕嘉发动兵变，汉朝派出杨仆领兵平叛。余善主动请缨率兵八千援助汉军。但兵到揭阳时，他却以海上风高浪急为由滞留不前。汉廷见他反复无常，认定他与南越私通。杨仆灭了南越后，便挥军进驻闽越边界。

余善先发制人，于公元前111年秋主动攻击汉军，连克白沙、武林、梅岭三座要隘，并击杀了汉军三位校尉。到这里，余善似乎应该有所收敛了，但他注定是一个有两分颜色就要开染坊的人，他自以为已经具备了与汉朝抗衡的实力，便擅自刻制玉玺，缝制龙袍，自封为东越武帝。

中国的版图上有了两位武帝。

勇敢不是包赚不赔的特别股权，穿上了足球鞋并不意味着一定能射门得分。果然，地盘更大的那个武帝（汉武帝）于公元前110年派朱买臣率领大军兵分四路进攻闽越。余善高筑六城抗击汉军，但因抵挡不住汉军的凌厉攻势，不得不退守王都冶城。

冶城被围得水泄不通。之后，汉军将劝降标语绑在箭上射入城中，劝降标语的标题是首恶必办，胁从不问，立功有赏，并给余善很周到地标上了生擒和杀头两种价码。城中的人立时蠢蠢欲动！建成侯敖和繇君居股看准机会刺杀了余善，然后开城投降。

经过两次变故，汉朝认定闽越反复无常，于是把大批闽越贵族、官僚和解散的军人迁往江淮一带，闽越族统治集团逐步汉化。

闽越国虽然灭亡了，但在福州留存的诸如欧冶池、越王山、于山、大庙山、白马王庙这样的遗迹和传说，折射着闽越国历史的辉煌，是福州两千多年城市文明的佐证。而且闽越的一支飘过海峡来到台湾，成为如今高山族的一条重要血脉。

五　千古一女

往事过眼，岁月无痕。多年后的一天，越人后裔——岭南西瓯、骆越后人才又以俚僚的称谓出现在发黄的线装书上。

还是那个被秦兵蹂躏过的云遮雾障的岭南。

如果将镜头定格在岭南的一个山寨里，我们会发现一个女人在倚寨沉思。她没有魁梧的身材，也没有满脸的杀气，但到了只有男子才能横行的战场上，却能够挥舞马刀，削头如泥。

她叫冼英，出嫁前还有一个香艳的名字百合，世代为南越首领，拥有部落十余万家，是岭南俚人中最大的头目，活动中心在高凉郡（广东阳江市、高州市）一带。

公元535年，十八岁的冼英与高凉太守冯宝成婚，从此被称为冼夫人。结婚后的她并没有甘心做家庭妇女，而是常常协助丈夫处理政务。时间不长，她就从丈夫背后走到前台。

年方二十多岁的她，在领兵进驻海南后，力请梁朝在海南设置了崖州，使自汉元帝起脱离大陆近六百年的海南岛回归中央统治。

英雄或许不能创造历史，但一定可以创造出精彩的历史瞬间。在梁朝侯景之乱时期，高州（广东阳江西）刺史李迁仕趁机起兵反梁，并派人联络冯宝。冼夫人劝冯宝将计就计，先派遣使者应允，接着由她亲率千余精兵挑着担子伪装送礼，赶跑了李迁仕，占领了高州刺史府。随后，她率兵协助交州刺史陈霸先灭亡了臭名昭著的侯景。

陈霸先代替梁朝建立陈朝初期，政局不稳，号令难行，陈朝时时受到以广州刺史欧阳纥为首的割据势力的威胁。这时，丈夫冯宝已经病逝，时任阳春（广东阳江西北）太守的儿子冯仆被欧阳纥扣为人质。又是冼夫人挺身而出，协助陈朝扑灭了这股割据势力，活捉了欧阳纥并救出了被扣押的儿子。因此，陈朝册封她为中郎将，石龙（郡）太夫人，并以刺史的仪礼对待她。

在她被推上名誉浪尖的同时，历史的考验也随之降临。隋文帝杨坚灭陈后，冼夫人被岭南民众奉为"圣母"，周围的地方势力也纷纷表示听从她的调遣，按说她完全可以借机称王，以填补陈国灭亡留下的权力真空。可是，当隋文帝于公元589年派军南下时，冼夫人却能审时度势，派长孙冯魂（冯仆已死）北上迎接隋朝总管韦洸，以自己所辖八州归附隋朝，使隋军顺利进入了广州。

韦洸到达广州的第二年，番禺地方首领王仲宣起兵反隋，韦洸战死。隋朝闻讯，立刻派出裴矩安抚岭南。冼夫人要求孙子冯暄带兵增援广州。但冯暄与王仲宣的部将陈佛智私交甚密，迟迟不肯出兵。冼夫人下令把冯暄关进牢狱，转而把兵权交给了幼孙冯盎。冯盎设计攻杀了陈佛智，与隋朝援兵在广州城郊会合，一举扫荡了王仲宣。

已经七十高龄的冼夫人亲自披着沉重的铠甲，骑着高头大马，打着"圣母"特有的锦伞，率领大队骑兵，护卫着隋朝将军裴矩巡抚岭南各州。所到之处，各州的少数民族首领纷纷前来拜见，岭南重又变得像黑夜一般寂静。

冼夫人的事迹震惊了遥控指挥的隋文帝，隋文帝破例封其为谯国夫人，视之为统一大业的南天一柱，准许她开幕府和统率部落六州兵马，遇到非常事情可以先斩后奏。同时，冯盎被封为高州刺史，冯暄也被赦免并封为罗州刺史。

她的可贵之处就在于，能够超越单一民族的狭隘视野，以大忠大义、大智大勇冲击"宁为鸡首，不当牛后"的流行观念，在民族和国家之间做出了在今天看来十分简单但在当时却惊世骇俗的抉择，从而在中华民族大一统的版图上，留下了倚天仗剑的永久造型。如今高州和海南的冼夫人庙仍赫然屹立，香火缭绕。难怪新中国的总理周恩来称赞她是"我国历史上第一位巾帼英雄"。

冼夫人始终维护祖国统一、反对分裂割据的行为，深深影响了她的后代。冼夫人病故后，冯盎仍遵从冼夫人遗志，尽管占据番禺、苍梧、朱崖等地，辖地数千里，仍旧拒绝称王。公元622年，唐朝前来岭南招抚，冯盎率领部下纳土归唐，被唐朝封为越国公。

在这个世界上，有明智的人就有愚蠢的人，带支手枪就敢抢坦克的人也不是没有。当时，就有一个叫肖铣的岭南地方首领，对冯盎的所作所为嗤之以鼻，趁隋末天下大乱自称梁帝，坚决不肯向唐朝屈服。后来，这位不识时务的人被唐将李靖在西湖击败并被打入死牢。

法国科普作家休伯特·里斯夫说过，生命在地球上出现的可能性，比一只猴子在打字机前一字不差地写出莎士比亚全集的可能性还小。既然生命如此珍贵，所以没有谁会轻易拒绝生命。看到割据自立的肖铣被投入牢狱，俚僚豪酋纷纷归附唐朝，岭南重新回到祖国的怀抱。

六　伟大的决定

真正伟大的人与勉强算得上伟大的人之间的差别就在于，前者从不目空一切、急功近利。

越族后裔钱镠（liú）就是一位识时务、明大义的君主，他于天下大乱的公元907年创建了吴越国，被代唐自立的朱全忠封为吴越王，其疆域包括今浙江、江苏、福建的十三州。在后唐灭掉梁朝后,他赶忙派遣使者送去了唐朝的传国玉玺,依然被封为吴越王。在五代十国的乱世中,他一直以"善事中国"和"保境安民"为国策,临终时谆谆告诫子孙"要度德量力而识时务,如遇真主宜速归附"。

正因为如此,不仅他活到了须发皆白的八十一岁,而且使钱家成为五代十国中寿祚最长的一姓君主。此后的四代吴越王一直遵循开国君主的遗训,始终没有称皇道帝,而是不断地向中原朝廷称臣纳贡。

说归说,做归做,遇到明主他们真的甘心归附吗?

考验他们判断能力的时刻终于来到了。在北宋发动攻灭南唐的战争前,同为小国的南唐君主李煜致信吴越国主钱俶(tì):"今日无我,明日岂有君?"吴越国丞相沈虎子也以南唐乃"国之屏蔽"相劝。而钱俶非但没有援助南唐,反而派出大批精锐与北宋一起夹击这个不识时务且质地柔媚的邻居。

在南唐灭亡后的日子里,吴越国仍旧十分强盛。我无法与笔下的历史人物作穿越时空的心灵沟通,可以肯定的是他们一定经历了激烈的思想交锋。但继承了祖父衣钵的这位君主没有心存侥幸,经过深思熟虑,终于在公元978年决定"保族全民",将三千里锦绣河山和十一万带甲将士,悉数呈献给北宋朝廷,从而在中国历史上第一次实现了一个强盛的割据王国与中央政权的和平交割。

我一直在思考一个问题，作为一个人是否应该在短暂的生命历程中，学着把握一点处事的尺度，让生命多一点舒缓的日子，使自己劳碌有加的心灵得到一些本真的自由？也许这时你会发现，生活会变得分外轻松、精彩、充盈。一个国家何尝不是如此呢？吴越国的选择就是一个铁证。

与生灵涂炭的南唐形成鲜明的对照，"纳土归宋"的吴越国民无一死伤，吴越国都城钱塘（钱家之塘，杭州）保持了昔日的风樯云舵，桨声灯影。以至于杭州很快取代在战火中遭殃的南唐金陵，名副其实地上升为"东南第一州"。宋太宗赵光义也当面称誉钱俶："卿能保一方以归于朕，不致血刃，深可嘉也。"

这不仅使我联想到心理学中的"存款理论"：每一个人都会在另一个人心中开一个户头，你平日所做的每件事，都会转化为户头里的资金或负债，有一天，当清理的时候到来，你就会知道自己是穷是富。

钱俶献出吴越国版图之后，北宋在扬州虚设了一个淮海国，封他为名义上的国王，实际上仍把他留在开封。

据说，这位淮海国王十分谨慎小心，每天早朝都提前赶到宫门等候。一日清晨，狂风暴雨大作，众节度使、国王没有一人上朝，只有钱俶父子二人恭恭敬敬地等在宫外，连宋太宗也倍感怜悯。他也因此得到善终，在献国后又活了十年，死后还被追封为忠懿王。北宋编辑的《百家姓》在皇姓"赵"之后就是"钱"，原因就在于此。

七　壮侗语族十姐妹

记忆如歌。越南的主体民族越族、泰国的主体民族泰族、老挝的主体民族老族、"金三角"的掸族，也都无一例外是越人的后裔，古越人后裔已经遍布南亚。

但国外的越国后裔毕竟有限，更多的越国后人已经像花粉一样散落在祖国南方，他们以五彩纷呈的语言、歌舞和习俗成为中国大家庭里一道亮丽的风景。

（一）绣球传递爱情

精致艳丽的五彩绣球，代表着一份浓浓的情意，在人如海歌如潮的传统对歌中，姑娘把绣球抛给了谁，便抛去了一片柔情。这个玩对歌和绣球的民族就是我国人口最多的少数民族——壮族。

他们属壮傣语支，现有人口一千九百多万，聚居在广西壮族自治区、云南文山壮族苗族自治州、广东连山壮族瑶族自治县、贵州黔东南苗族侗族自治州和湖南江华瑶族自治县。壮族是骆越、西瓯的后人，汉代称僚，隋唐称乌浒，宋代被称为僮（zhuàng，指未成年的仆人）。因僮字含有贬义，周恩来总理于公元1965年提议将其改为壮族。

壮族的过去并不缺少辉煌。田州瓦氏夫人因领兵抗倭被明朝诏封为二品夫人。太平天国金田起义发源于壮族聚居区。邓小平、张云逸在壮族聚居区发动了百色起义。红军将领韦拔群、解放军上将韦国清都是壮族人民的优秀儿子。

（二）与孔雀为伴

当北回归线所经之处大多被沙漠覆盖的时候，孔雀的故乡——西双版纳和德宏州却绿得令人沉醉，似乎插根筷子也会长出绿叶。就在这样一个生长绿色、生长生命、生长美丽的地方，生活着一个拥有一百三十多万人口的民族——傣（dǎi，自由之意）族。

他们属壮傣语支，与壮族、泰人、寮人、掸人同源。傣族的先人滇越是汉代百越的一支，魏晋以后被称为鸠僚和掸人。唐宋时期，居住在孟力的被称为茫蛮，居住在保山的被称为黑齿，居住在伊瓦洛底江以西的被称为金齿、白衣。公元1180年，西双版纳傣族首领叭真曾建立了流星般闪过的"景龙金殿国"。近代，傣族被称为摆夷、旱傣、水傣。新中国成立后统称傣族。

或许是山水灵气的滋润，或许与美丽的孔雀有缘，傣家姑娘不仅个个生得窈窕柔美，而且借助"孔雀舞"把肢体语言表达得如梦如幻。

一旦你真的有幸来到云南边陲，会常常看到一群群傣家少女，穿着短短的筒裙，拎着小小的水桶，扭着细细的腰肢，赤着白白的天足，一溜烟穿行在小溪畔的石板路竹林间，如画、如诗、如酒、如歌。

（三）黄果树瀑布边

中国人几乎人人都知道南方有个气势磅礴的世界级大瀑布——黄果树瀑布。但鲜为人知的是，它就在贵州省镇宁布依族苗族自治县境内。

布依族属壮傣语支，现有人口近三百六十万，主要居住在贵州黔南、黔西南、黔东南等地区及云南罗平。他们是百越的一个支系，汉代居住在夜郎国内，唐代从俚僚中分离出来被称为蛮僚，元代改称仲家，近代才自称布依，有"蜡染之乡"之称。

在布依人村寨边，流淌着清澈的小河，也就是青年人所说的浪哨（恋爱）河。在有一弯新月的夜晚，会有一些青年男女下河嬉戏，男女各居一处,是一种似乎能看见又似乎看不清的距离。浪哨的歌子也会在此时响起,嘹亮而柔情。一个男子唱:小河流水哗啦啦地淌,竹林洒满银月光,阿哥有心叫阿妹,哪个帮忙洗衣裳。一会儿,就会有心仪的女子接唱:小河流水向呀向远方,竹林洒月盼春光,阿妹有意帮阿哥,去来相会水中央……

(四)复调音乐之乡

从"高山瑶,矮山苗,壮侗(dòng)居山槽"的民谚可以得知,侗族是一个依山傍水而居的民族,属侗水语支,现有人口近三百万,星星般散落在贵州、湖南、广西。

侗族乃骆越的后人,魏晋时期称僚,宋代从僚中独立为伶,明清时期被称为洞僚、洞人、峒人、洞蛮、侗苗,近代才定名为侗族。侗族大歌、鼓楼、风雨桥被誉为侗族"三宝"。其中的侗族大歌,是当今世界上罕见的多声部、无指挥、无伴奏民间合唱音乐,填补了世界上认为中国没有复调音乐的空白。

这还是一片氤氲着自由爱情的晴空,每一位侗乡青年男女都将经历浪漫的"行歌坐月"(意为谈情说爱),很多侗寨建有专供情人聚会的"月堂"(即吊脚楼)。月上柳梢头,人约黄昏后。寨子里的小伙会踏着斑斑点点的月光,一边拉着牛腿琴,一边唱着邀约歌踱到吊脚楼下。悠扬的琴声伴着缠绵的歌声拨动了姑娘的心弦，于是，她们推开窗子往楼下窥视，见是喜欢的人来了，就让他进楼。如果是不喜欢或素昧平生的人，就将窗户关上。假若小伙子不识好歹，仍一厢情愿地歌唱、敲打，耐性好的姑娘会请家人出来干涉，有个性的姑娘会从楼上将一瓢冷水劈头浇下。

（五）以水为名的民族

顾名思义，是因为傍水而居而起名水族吗？事情远非如此简单。

水族是骆越的一支，早期从广西海岸迁移到红河清水边。唐代，抚水州俚僚的一部分沿龙江、融江而上，到达今水族居住区。明末，他们自称为虽（汉字写作水）。因为汉人一直称他们为水族，时间一长，他们也就顺水推舟地自称海水（意思是水人）了。

如今的苗岭山脉以南、都柳江和龙江上游，森林密布，山水如画，在这里生活着近五十万水族人民，他们属侗水语支。"水书"是水族人古老的雏形文字，约有三百字，大多使用在宗教活动中。

这里流传着一个妇孺皆知的《金凤凰的故事》，故事中穷小伙阿诺和大财主的女儿水花的凄美爱情打动了一代又一代水族人，他们因此把家乡称为"凤凰羽毛一样美丽的地方"。

（六）凤凰的故乡

在广西罗城，处处都可以见到以凤凰命名的山、水、村寨，那是因为在这里聚居着近二十八万以凤凰为图腾的民族——仫佬（mù lǎo）族。

仫佬族乃西瓯、骆越、俚僚、乌浒的后裔，属壮侗语族侗水语支。魏晋时期称穆佬，宋元时期称木篓苗，新中国成立后定名为仫佬。

八月十五的走坡节，是仫佬青年男女最为向往的日子。仫佬族诗人包玉堂在《少女小夜曲》中描述了明天将第一次走坡的仫佬族姑娘夜不成寐的情景：睡去的村庄多宁静，我却不愿熄掉床头的小灯，激情使我全身发烫，我要站在窗口吹一夜风。凉风越吹心儿越跳得紧，我想着明天走坡的情景：和我结交的是一位漂亮的后生，太阳一样的脸，清泉般的眼睛……谁知道交上什么样的人，想着想着我脸儿热到耳朵根，双手蒙脸我伏到窗台上，却又偏偏碰着新买的小圆镜。我轻轻把它拿到手中，在窗台下对着月光照了又照，我的脸比后塘的莲花还红！明天把镜儿送给心爱的人，镜背有我新照的一张照片，谁得了它就得了我的爱情……我想呀想呀禁不住笑出声，啊！窗外夜空滑落了一颗星星；今夜我再也不能入睡了，我站在这小窗子下等待天明……

(七) 血红的彼岸花

最美的风景往往在最偏僻和最贫穷的地方。

驾车从广西柳州向西北颠簸数百公里，是一个群山绵延、岩溶遍布的所在。这里有着桂林一般甲天下的山，只是土地贫瘠，常闹水荒，云遮雾罩，日为山蔽，让人不免感叹如此美丽的自然景观和如此恶劣的自然环境的巨大反差，这里就是广西环江毛南族自治县。

毛南族是骆越、西瓯、俚僚后裔，属侗水语支，现有人口十二多万人，聚居于云贵高原和广西环江山区，素有"毛南之乡"的美称。

山里的故事，总是与美丽相伴。毛南人田野里有一种花，没有一枚叶片，只有顶端怒放着火把一般血红的花朵，她叫彼岸花，又叫曼珠沙华。您如果想听一听这个花与叶永不相见的神话，那就请来毛南之乡吧。

(八) 天涯海角

蔚蓝的天，浩瀚的海，银色的沙滩，纯净的礁石，醉人的椰风，常青的芭蕉——黎族就生长在这座风光旖旎的海南岛上。

骆越的一支在秦汉时移居海南，隋唐时被称为俚僚，唐末俚变名为黎。他们属黎语支，公元1957年国家为他们设计了拉丁字母的黎文,现通用汉文,一百六十多万黎族分布在海南中南部。

因为远离中原,过去这里是内地获罪的官员充军发配最遥远的去处。如今,乘飞机前来度假,已经成为内地人的一大时尚。然而,它远不如二十世纪下半叶有名。如今可供人们选择的风景区数不胜数,而想当年供全中国人观看的电影只有那么几部,其中的《红色娘子军》展现的就是海南黎族女游击战士的飒爽英姿。

(九) 傩戏的传承者

被艺术界誉为"活化石"的傩戏,是一种宗教与艺术、酬神与娱人相结合的原始戏曲,伴着鼓乐的叮咚,文武美丑头戴面具粉墨登场,演绎出一幕幕充满了神秘色彩的傩戏。傩戏的传承者是我国西南地区古老的民族——仡佬(gē lǎo)族。

先秦时期,越的一支在西南地区与当地濮人杂居,逐步形成了新的群体僚,后来部分僚人组成了单一民族——仡佬。他们属壮侗语族,人口近六十八万,主要居住在贵州、广西、云南。

(十) 以大海为生

在南海北部湾西部海域,一望无际的大海水天相连,烟波浩渺,缓缓的白浪簇拥着三座"品"字形的小岛,这就是被称为京族三岛的山心、巫头、潕尾。如今三万多京族人口尽管是越人后裔,但他们所说的京语(越南语)显然不属于壮侗语族。京族在五百年前从越南海防地区来到京族三岛定居。在历史上,曾经自称京、越、安南,新中国成立后通称越族。公元1958年,他们为了与越南的越族相区别,提请国务院将他们改回曾经的自称——京族。

第七章　濮（pú）人——夜郎真的自大吗

滇王与汉使者言曰："汉孰与我大？"及夜郎王亦然。以道不通故，各自以为一州主，不知汉之大。

——司马迁《史记·西南夷列传》

似乎,南方丛林的故事还没有结束,因为连孩子们都知道"夜郎自大"的成语。

夜郎国是我们躲避不开的话题。

一　他比窦娥还冤

公元前 122 年，因为汉朝通向身毒（今印度）的丝绸之路被匈奴阻隔，汉武帝试图通过西南夷另外开辟一条去身毒的路，便派出汉使前往南方丛林中的夜郎（据说是"议郎"的译音，指议事联盟）国。夜郎王多同破例接待了远方的客人，待汉使说明来历后，夜郎王竟然发出了"汉孰与我大"的疑问。这一问非同小可，"夜郎自大"的成语从此诞生。

其实，夜郎王很冤，他共有四大冤情是：一、最先发出"汉孰与我大"疑问的不是夜郎王。在此之前，汉朝使者到达了邻近的滇国，滇王套羌最先发出了"汉孰与我大"的疑问。古人之所以把这句贬义的话加在夜郎王身上传扬，不过因为夜郎王比滇王名气大罢了。就如同我们吓唬小孩用阎王比用小鬼更有作用一样。二、夜郎在西南夷中实力最强，有着自大的本钱。当时，古代濮人建立的小国很多，有且兰、句町（qú tīng）、夜郎等。其中的夜郎属于小国之中的大国，存在的时间比一般中原王朝还长。从公元前298年楚国讨伐夜郎开始，到公元前27年夜郎国被废，夜郎国存在了足足三个世纪，占据着今贵州中、西部和四川、云南地区，人口有数十万，仅精兵就有十余万，是西南夷地区名副其实的大国。三、在交通闭塞的年代，发出这样的疑问并不奇怪。四、夜郎王在实际行动上并没有自大。在听说汉朝疆域开阔、兵多将广，自己仅仅相当于汉朝一百零三个郡国中的一个之后，夜郎王并没有"妄自尊大"，他不仅痛快地答应了汉使的要求，而且对汉朝文明表现出非同寻常的认同，"约为置吏，归属汉朝，接受册封"，并派出使者到京城朝贡。

把这个贬义的成语与明智的夜郎王捆绑在一起是不公平的，历史上的夜郎王比窦娥还冤。

二 地位下降

接下来发生的事情告诉我们，握紧拳头你将一无所有，张开双手才能拥抱一切。尽管夜郎王的臣下嘀嘀咕咕，但后来发生在夜郎身边的事件明白无误地证明了他的高明之处。公元前111年，在汉朝征讨南越时拒不出兵的且兰君主被汉武帝派军一举击杀。看到此情此景，暗自庆幸的夜郎王派出大臣向汉朝正式投降，汉武帝对他的明智之举大为赞赏，仍赐其为夜郎王，在此设置了牂牁（zāng kē）郡。

牂牁郡建立后，雄踞西南几百年的夜郎国地位骤然下降。它不再是部落联盟盟主，而是郡守治下的小邦，首领被封为王、侯、邑长。

并非每一位夜郎王都能审时度势，历史的悲剧终于到来。公元前27年，濮人聚居区的夜郎王兴、句町王禹和漏卧侯俞之间经常因为小事相互挞伐，战火连绵不断，民众怨声载道，作为众王之王的汉成帝不得不派人持节调解。

"这是我们的内部事务，汉朝何必多管闲事！"夜郎王兴公然不从调停，仍一意孤行继续征讨其他两个小国。一气之下，牂牁太守陈立报经汉成帝同意，摆下鸿门宴谋杀了不识时务的兴，讨平了兴的妻子和儿子拼凑起来的叛军，夜郎王从此被废，部分夜郎贵族因惧怕汉朝镇压和句町报复而南逃交趾。这正应了道家鼻祖老子那段话："人身上牙齿最硬，舌头最软。所以牙齿最先脱落，而舌头永远鲜嫩。"

三　历史的必然

夜郎国的消失，真的怪兴不识时务吗？如果夜郎国低眉顺眼，就可以摆脱被废的命运吗？回答是否定的。

这还要从血液里流淌着改革热血的秦始皇说起。秦始皇兼并六国后，彻底颠覆了延续上千年的"邦国制"（即封建制，也就是把天下分封给诸侯，建立各自为政的邦国），新建了"帝国制"（即郡县制，也就是把各自为政的邦国变成中央统一管辖的郡县）。

历史的惯性使人们对新生事物总有一个适应的过程。因而开始的时候，并非所有的人都赞成"郡县制"，甚至有人把秦朝"二世而亡"归罪为没有分封诸侯。迫于无奈，刘邦在建国初期只好实行了"一个王朝，两种制度"：在京畿地区实行"郡县制"，由中央政府统一领导；外围地区实行"封建制"，封了许多刘姓王国（后来还将归顺的少数民族首领封为国王，夜郎王就属此列），由王国的君主自行治理，让他们充当中央政府的屏障，也就是所谓的"藩（意为篱笆）王"。

事实无情地证明，刘邦部分恢复"郡国制"是一个重大决策失误。其证明就是后来的汉景帝被七国之乱搞得方寸大乱、焦头烂额，搭上了亲信大臣晁错的脑袋，又请出了名将周勃的儿子周亚夫，费了九牛二虎之力，才勉强将造反的藩王平定下去（此后分封制偶有复发，每次都酿成了血光之灾，如东晋分封引发了"八王之乱"，朱元璋分封造成了"靖难之役"，洪秀全分封导致了"天京事变"）。

经历了此次血的教训，汉王朝开始彻底检讨刘邦的"一国两制"。公元前127年，汉武帝颁布了"推恩令"，诸侯王的支庶得以受封为列侯。结果，汉初分封的王国有的变成了郡县，有的分成了只有虚名没有实权的小侯国，这就为汉武帝的大显身手打牢了根基，汉朝的国祚也因此延续了漫长的三百年。

夜郎王的被废就是在这样一个大背景下发生的。试想，和皇帝一脉相承的刘姓藩王都变成"侯"了，皇帝还能容忍他姓国王存在吗？

四 选择沉默

夜郎王被诛杀后，濮人感到没有了主心骨，因而多次聚众闹事，有一次还把牂牁郡府团团围起来表示抗议。为了息事宁人，汉朝只得修建了一座"竹王祠"（夜郎王姓竹）祭奠夜郎王，还封夜郎王幸存的三个儿子为侯。

众所周知，侯比王不仅低了一等，更重要的是没有了相对独立的权力。但封侯也比被杀好啊，连别的刘姓国王都降为侯了，自己还有什么不知足的呢？三个夜郎侯不敢也懒得争辩，也只能听之任之。

夜郎国从此消失了，但因为那个对夜郎极尽嘲笑之能事的成语，夜郎国得以经常挂在后人嘴边。当然，在今夜郎故土上酿出的美酒同样名气很大，并在公元1915年美国主办的巴拿马万国博览会上大放异彩，他们同法国的库尼克白兰地、英国的苏格兰威士忌一同被誉为世界三大蒸馏酒,它就是中国酒中之王——贵州茅台。另外,还有一件事鲜为人知,那就是作为夜郎象征的"竹"通"筑",如今的贵州省贵阳市就简称"筑"(音zhú)。

时间冲淡了记忆,尘土一天天把都邑掩埋。如今,滇王印已经在云南找到,句町王墓在广西被发掘,而夜郎王都废墟至今没有踪影。

沉默以后就是平淡。此后,百濮失去了记载。因汉朝在百濮之地设置了武陵郡(湖南溆浦)等,所以他们被称为武陵蛮。隋唐时期,因蛮人聚居的湘西与川黔鄂交界处五溪汇流,所以武陵蛮改称五溪蛮。今日苗瑶语族的苗族、瑶族、畲族就是由他们分化而来。

五 "破天荒"

说起蛮人,自然让人联想到"破天荒"的故事。故事发生在湖南,古时典型的蛮人居住区,一片圣人不到的地方。

早在汉朝中期,这里就纳入了中央政府统治范围,成为最著名的官员流放地。贾谊被贬到长沙,终日以泪洗面,竟然哭死在那里。

越来越多的落魄汉人迁居此地,尽管有与蛮人争夺土地之嫌,却给湖湘大地带来了丰厚的文化养分,也造就了"先天下之忧而忧,后天下之乐而乐"的岳阳楼精神。并且,因为说起了汉话,写起了汉文，这里的子民终于可以同内地的汉民一样"入仕"为官了。

但途径在哪里呢？凭着武艺超群在军队混出个样子吧，他们天生发育不良。凭着朝官举荐混个一官半职吧，他们又朝中无人。查遍整个汉朝，湖南只出了一个名人，他就是造纸术的发明者——蔡伦。可惜他只是一个宦官，之后的人物再也没有什么名气，如果非要找出名人来，恐怕只有三国时蜀相诸葛亮的接班人蒋琬（零陵人）。

隋唐时期，朝廷传来了爆炸性的消息：任何一个百姓，只要在中国长期居住，哪怕你红发蓝眼，也可以通过科举考试谋取官位。

如同公元1977年突然恢复了高考一样，万千黎民开始省吃俭用地供孩子读书，教书先生成为最稀缺的人力资源，私塾成为最吃香的投资项目。可是，朝廷开科取士三百年了，可能因为湖南教育基础太差，同时因为当时的科举不像现在的高考一样按照省份划线，结果，不论湖南考生如何头悬梁、锥刺股，闻鸡即起，寒窗苦读，一代又一代举人进京赶考，竟然没有一人中进士，被天下笑称为"天荒（混沌未开的状态）解"。

公元850年，终于有个名叫刘蜕的长沙人考中进士，所以称为"破天荒"。时任荆南节度使的魏国公崔铉特地奖赏给刘蜕七十万钱，这笔钱的名堂就叫"破天荒钱"。刘蜕回信辞而不受，并答谢说："五十年来，自是人废；一千里外，岂曰天荒。"

宋代以后，湖南人高中科举的仍然不多。但随着南宋迁都江南，中华文化也尾随而至，著名的岳麓书院在长沙设立，在外做官的永州人周敦颐回乡讲学，开了理学之先声，并启迪了宋明时代几大著名学者——朱熹、二程兄弟、陆九渊。

明末清初，湖南衡阳出了个文人王船山（王夫之），他曾经与黄宗羲、顾炎武一起参加了抗清起义。兵败之后，躲进深山洞中潜心治学，勤奋著述四十载，写就了等身著作，直到临死也没有剃掉头发留起辫子。荒僻蛮荒的湖南，开始挺起民族的脊梁。

历史翻到公元1838年，出身湘乡贫困山区的曾国藩进京赶考，在会试中以殿试三甲第四十二名的成绩进入皇榜，被赐同进士出身。接下来的朝考，又高中一等第三名，并由道光皇帝提拔为第二名，授翰林院庶吉士。三年后再通过了散馆考试，被授翰林院检讨，官居从七品。公元1847年，再升内阁学士兼礼部侍郎，官居从二品，年仅三十七岁。他在湖南引起的震动，丝毫不亚于当年刘蜕的"破天荒"。

湖南开始让人刮目相看，中国也进入了"湖南人时代"。魏源（邵阳）、曾国藩（湘乡）、左宗棠（湘阴）是第一拨；谭嗣同（浏阳）、唐才常（浏阳）是第二拨；黄兴（长沙）、蔡锷（邵阳）、宋教仁（桃源）、陈天华（新化）是第三拨；然后是毛泽东（湘潭）、李立三（醴陵）、刘少奇（宁乡）、彭德怀（湘潭）、任弼时（湘阴）、贺龙（桑植）、罗荣桓（衡东）。

如今，谁还记得湖南曾经是个"天荒之地"？

六　哀牢王

濮人并非只有夜郎一支。另一支蜗居在云南西南部的濮人，乃是先秦百濮的一部分。因为天高皇帝远，在汉代建立了稍有名气的哀牢古国。《后汉书》说："哀牢古国东西三千里，南北四千里，地盘囊括怒江、澜沧江两岸，有国民五十五万多人。"

独立的日子在东汉成立后走到了尽头。眼看就有被灭亡的危险，哀牢国王主动要求归附东汉。刘秀一高兴，只是把他们降为属国。公元69年，哀牢王柳貌正式内附，汉明帝在哀牢国土上设置了永昌郡，郡内杂居的濮、闽、鸠僚、僳、越、身毒被统称为"哀牢人"。

从此，它成为一个温和的民族，不管命运如何对待他们，他们总是耸耸肩膀，低声说："算了，这就是生活。"

哀牢人没有蒙古、女真走得那么远，不免令人遗憾。但最美的风景并不只在彼岸，生命也不完全为了抵达。就像泉水，并非到达什么地方才算完成使命；就像花草，并非到达哪个季节才算实现价值。生命中的绝大多数风景总是在途中，就像候鸟，不停地迁徙是为了经历季节和风雨；就像江水，不停地奔流是为了交汇与起伏。尽管融入其他民族略显平凡、安静，但这恰恰构成了一个个真实而精彩的人生。历史证明，每一个安于途中、主动融入的生命体都将尽享人生。正因如此，他们才能顽强地延续到二十一世纪的今天。

如今的元江古称濮水，永昌郡内的大龙竹又称濮竹，这都足以证明濮人是这里的土著。历史记载，永昌人不仅创造了灿烂的濮文化，而且利用此地土地沃腴、宜植谷桑的天然优势，很早就开始种植水稻和纺织木棉布匹，以至于刘备的蜀国征服此地后，这里成了蜀国主要的军资供应区之一。

哀牢这个名字并未叫响，还是叫他们永昌濮人吧。到了隋唐时期，永昌濮人因为内部矛盾和地域关系一分为二，一支叫扑子蛮，是布朗族和德昂族的先民；另一支叫望蛮，是佤族的先民。

七　苗瑶语族三兄弟

（一）蚩尤的后人

第一章已经讲到，黄帝部落在吞并炎帝部落后，适时越过黄河，向强悍的东夷部落发起了进攻，东夷首领蚩尤在涿鹿之战中阵亡，人数众多的东夷部落成为黄帝的附庸。但其中的不屈者时刻都在寻找东山再起的机会,而最理想的空间莫过于远离中原的南方。于是,东夷部落中的九黎人开始悄悄转移。到了尧舜禹时期,已经基本完成了战略退却,集中收缩在长江一线,形成了足以与华夏相抗衡的"三苗"部落联盟。

后来,他们被称为濮人、南蛮、武陵蛮、五溪蛮和苗人,在新中国进行民族识别时被定名为苗族。苗族语言属苗语支,国内现有人口一千一百多万,聚居于黔云湘三省;国外则集中在越南、老挝。

(二) 苦难深重的瑶

瑶族尽管自称是龙犬盘瓠(hù)的后裔,实际上是商周濮人、汉代武陵蛮和长沙蛮的后代。隋唐时期才独立出来,抛弃了屈辱的蛮称而改名莫徭,成为洞庭湖区的渔猎者。

在某个寒风刺骨的冬日,遭贬的诗圣杜甫垂头丧气地到达今湖南常德,竟然为洞庭湖上辛勤渔猎的莫徭触发了诗情:"岁云暮矣多北风,潇湘洞庭白雪中;渔夫无寒网罟(gǔ)冻,莫徭射雁鸣桑弓。"

对于徭人来说,吃苦受累尚且能够忍受,最令人难以忍受的还是元清两朝对他们的人格侮辱——由"徭"变为"猺"。直到二十世纪二十年代,广州中山大学的几位进步学者一再倡议,徭人的称呼才得到恢复。更令他们欣喜的是,新中国将"徭"进一步改为晶莹剔透的"瑶",一个金玉般美好的童话开始了。

如今,他们的生活已经像他们赚取外汇的瑶斑布一样色彩斑斓。他们属瑶语支,国内人口已达三百三十多万,聚居在云桂湘黔赣粤六省区。国外主要分布在越南、老挝。

(三) 刀耕火种

畲(shē)族和瑶族一样,也自称是龙犬盘瓠的后代。相传,在战火烧到家园的时候,有个叫盘瓠的青年自告奋勇领兵抗敌,凭借智慧与毅力击退了来犯之敌。皇帝一高兴,就把最漂亮的三女儿许配给了他。于是,盘瓠和公主带上嫁妆,回到鸟语花香的山中,生下了三男一女,老大姓盘,老二姓蓝,老三姓雷,女婿姓钟,他们就是今天的畲族。

过于美妙的终归是虚幻的。真实的他们,发祥于广东的凤凰山,是商周濮人、南蛮,汉代武陵蛮的后裔。在南宋末年的移民浪潮中,畲族先民来到福建北部和浙江南部过起了开荒辟地、刀耕火种的日子。他们之所以被称为畲族,是因为畲的原意就是刀耕火种。

据我所知,畲人是汉人朝廷为少数民族所起的为数极少的不含侮辱性的名字之一。但古代畲人并不领情,他们一直自称山哈或山达(意为住在山里的客人)。新中国成立后他们被正式定名畲族。如今,他们聚居于闽浙赣粤徽的茫茫大山中，属苗语支，人口有七十多万。

八 孟高棉语族三姐妹

（一）阿佤唱新歌

如果你有幸光临佤族山寨，仍随时可以听到那首传唱了几十年的亲切老歌："村村寨寨哟，打起鼓，敲起锣，阿佤唱新歌。毛主席光辉照边疆，山笑水笑人欢乐。修起幸福路，架起幸福桥，日子越过越快乐哟，越快乐！"

这个被歌声和幸福笼罩的民族，可能与先秦的百濮、东汉的哀牢人、唐代的望蛮有着渊源关系。由于"望"与"佤"为同音异写，望蛮因而自称阿佤（意为住在山上的人）。他们属佤崩语支，现有人口四十多万，分布在云南西盟佤族自治县和沧源佤族自治县。

（二）布朗山中的布朗人

布朗人居住的布朗山，是云南普洱茶的主产地。作为阿佤人的孪生兄弟，他们是先秦百濮、东汉哀牢人、唐代扑子蛮的直系后裔。在大理国如日中天的日子里，他们被驱赶到澜沧江以东的深山中，元代被称为蒲蛮、蒲人。清朝入关后，他们有了满、蒲满这些沾点皇味的称呼并自称为阿娃、波朗。新中国将他们定名为布朗。他们属佤崩语支，现有人口十二万多，分布在云南西双版纳勐海县的布朗山、西定和巴达山区。

（三）一切为了土地

丢掉了土地，就丧失了部落的主权和生存的空间。对于这一点，历史上的德昂人感受最深。与阿佤、布朗一样，他们是濮人后裔，后来被称为哀牢人、扑子蛮，先后充当南诏、金齿国的雇佣军。元朝没落后，德昂先人居住区被傣族控制，土地被傣族土司强占，他们只得在狭窄的谷地重新开荒。在十分有限的谷地里，他们共同耕种，节衣缩食，平均分配，直到新中国成立前还停留在父系氏族公社阶段。中华人民共和国成立后，通过"和平协商改革"和"直接过渡"，土地，重新还给了像土地一样纯朴的崩龙父老，他们丈量着土地也丈量着希望；蓝天，重新还给了像蓝天一样纯洁的崩龙青年，他们享受着蓝天也享受着爱情。

因为他们被清朝称为崩龙，所以中央人民政府进行民族识别时仍沿用了这一名称。公元1985年，经国务院批准，他们改称德昂族。他们属佤崩语支，现有人口两万多，聚居在云南潞西市与镇康县境内。

第八章　月氏(ròu zhī)——印欧人伸向东方的箭头

　　如果有谁说,"嫦娥奔月"是一个辗转迁徙的故事,是后羿夺取夏政权后,夏的一个分支嫦姓部落,向西投奔了河西走廊的月氏,而月氏在西迁阿姆河以后依然把国名定为大夏,你会相信吗?

——中国新闻记者　冯并

仅用三章，我就划着语言学分类之舟，奇迹般追寻到了南方各少数民族的源头，并讲完了南部二十九个少数民族的故事。下面，让我们穿越千年的历史隧道，抵达水草丰美的河西走廊，去看看那伙金发碧眼的西方人。《史记》告诉我们，她叫月氏。

一　印欧人大迁徙

人类的历史，其实也是一部饥饿的人们寻觅食物的历史。

早在公元前三千纪至两千纪，欧亚大陆边缘地区古老文明中心的种种景象——丰富的农作物、堆满谷物的粮仓、城市里令人眼花缭乱的奢侈品，有如一块块有着不可抗拒吸引力的磁铁，诱惑着草原上、沙漠里环境日渐恶化的游牧者。于是，南部沙漠地带的闪米特部落民、欧亚大草原西部的印欧人、东方大草原上的匈奴人，开始了改变历史的侵略和迁徙。

公元前3000年前后，原本居住在今伏尔加河、顿河流域的古印欧人游牧部落——高加索人种中的金头发白皮肤的诺迪克种族，分成四部分离开故土。

南路纵队——印欧人的先驱赫梯人，翻越高加索山脉，在公元前3000年左右出现在小亚细亚半岛。公元前1595年，赫梯王国灭亡了辉煌的古巴比伦王朝。直到公元前十三世纪末，他们才在后来的一支印欧人——迈锡尼人的攻击中败下阵来。

西南纵队——被亚述人称为"古提人"，于大约公元前2300年出现在伊朗高原西部，一度推翻了两河流域的政治明星——巴比伦王朝。他们大约在公元前2082年被苏美尔人征服，从此在近东历史上消失。

西路纵队——东欧平原上的印欧人，在公元前2000年左右，沿黑海西海岸南下进入巴尔干半岛，开启了希腊的青铜时代。之后，一批又一批印欧人先后进入欧洲与北美，逐渐成为西方的主宰。

东路纵队——自称雅利安人，顽强地越过兴都库什山和喜马拉雅山之间的山口，其中一个分支于公元前1500年左右，南下来到印度，建立了名为印度斯坦的灿烂国家。另一个分支于公元前十一世纪从阿富汗高原西向进入伊朗，创造了辉煌的古波斯文明。

还有一个分支吐火罗人，穿越高耸入云的葱岭和遍地黄沙的塔里木盆地，在公元前2000年左右大规模来到罗布泊地区，成为中国新疆地区最早的开发者。公元前1000年左右，他们中的一支游牧部落，进一步向东深入到祁连山下，占据了绿宝石般的河西走廊，这部分人被中国古籍称为禺知（或禺支、禺氏），也就是《史记》中记载的月氏，成为古印欧迁徙浪潮中延伸到最东方的一个箭头。

直到公元前500年左右，印欧人的大规模迁徙才浪低潮平。而此时的欧亚大平原已经被这次迁徙改变了模样——从印度河到不列颠岛，印欧人用自己发明的轮式车、战马和青铜冶炼术，唤醒了东西上万公里沉睡的土地，将那里带入了青铜时代和铁器时代（据猜测，商朝青铜器，或许就是借用印欧人的冶炼成果并通过贸易获得了锡资源，理由是作为贫锡地区的商朝无法独立发明铜锡合铸的青铜器），这些游牧诗人们在不经意间，创造了伟大的安纳托利亚文明、吠陀文明、古波斯文明、古希腊文明、古意大利文明、古日耳曼文明、凯尔特文明并参与了混血的西域文明，使整个欧亚大陆从此在真正意义上告别了蒙昧时代。

二 败走河西

在中国西部战史上高频率出现的河西走廊，是指黄河以西被祁连山和北山夹在中间的、从乌鞘岭到星星峡的狭长地带。宽度从几公里到一百公里，长度竟然达到一千二百公里。读者切不可忽视它，这个被称为"游牧者天堂"的地方，可是抓一把泥土就能攥出古老文明液汁的所在。

正因为如此，这里成为游牧部落争夺的焦点。春秋战国时期，此地就已经聚集了三大部落。一个是河西走廊东部的匈奴，另一个是敦煌一带的乌孙，还有一个就是我们所要叙述的月氏。

也许凭借古印欧人驯养的战马、发明的战车和青铜武器，月氏人在遥远的东方创造了史书上所说的"东胡强而月氏盛"的异彩辉煌。从匈奴一章我们已经知道，首任匈奴单于为了寻求与月氏的和平，曾经将长子冒顿送往月氏作人质。强大的月氏还以强凌弱，杀掉了乌孙的首领难兜靡，迫使乌孙残余流亡匈奴。就这样，月氏人一度独霸了敦煌、祁连间的大片绿洲。

之后，他们在有可能是如今的黑城遗址上，建立了属于自己的都城——昭武城。要不，我们就无法解释如今黑水河畔那座公元前三世纪的古城遗址。而西夏建立的那座黑城，有可能是在已经夷为平地的昭武城原址上的新建筑。

月氏的灾难，来自那位曾经在月氏当人质，后来使匈奴成为草原霸主的冒顿。这位连阏氏都舍得送人的匈奴单于，于公元前177年派右贤王协同乌孙血踏了月氏。

厄运，从来都不喜欢单独挑衅，它们酷爱群殴。公元前174年，冒顿之子老上单于再次发难，可怜的月氏王被杀死，他的头颅被老上做了酒壶。

大部分月氏人被迫背井离乡西去，史称大月氏；小部分不能随军西迁的老弱病残，被迫退入南山（可能是昆仑山）与羌人杂居，被称为小月氏。

大月氏人西迁的第一站是焉耆与龟兹，之后是伊犁河流域及迤西一带。这些狼狈的亡命者，虽然被匈奴打得溃不成军，但其拼命求生存的心境，却使得他们在伊犁河流域的塞种人面前表现得势不可当，当地的塞种人或被大月氏收容，或辗转逃难。

远走伊犁河的大月氏并没有过上安宁的日子，原因还在于他们过去欠下的血债。乌孙首领难兜靡的儿子昆莫长大后，发誓要为被月氏人杀掉的父亲报仇。汉武帝初年，也就是匈奴老上单于末年，大约在公元前161年前后，昆莫率乌孙军团攻入大月氏，大月氏人被迫第二次迁徙。

他们沿着塞种人逃走的路线，取道费尔干纳盆地的大宛（yuān），到达大宛西南部的索格底亚那。

当时的大宛，处于巴克特里亚王国的统治之下，拥有高度的城市文明。因而，大月氏的到来成为大宛永恒的噩梦。

公元前139年，大月氏进占大夏，再次征服了手下败将塞种人，宣布成立了大月氏国，在妫（guī）水（阿姆河）以北营造了都城。大月氏西通安息，南接罽宾（今克什米尔），北连康居，拥有人口四十万、军队十万，一跃成为葱岭西侧的游牧大国。

三　张骞出使西域

在月氏辗转西去的同时，背后的东方狼烟四起。汉武帝当政的汉朝，已有了与匈奴一决雌雄的资本，于是决定发动对匈奴的战争。

一个投降的匈奴人透露，和匈奴有着深仇大恨的月氏已经西迁，月氏一直在寻求合作伙伴共同进攻匈奴。一开始汉朝还将信将疑，后来不断有人证实了这一消息，于是汉武帝决定招募志愿者出使大月氏。

招募书一发，历史给了曾经默默无闻的勇士们千载难逢的机会，时任郎官的汉中郡城固县人张骞欣然应招。

大月氏距汉都长安，直线距离三千余公里。当时汉朝的西部边界只到今甘肃兰州，再向西走便是匈奴的势力范围。而祁连山南麓，又有喜好劫掠的羌人部落。向西便是神秘的西域，风言风语传说，西域全是无边无际的沙漠，沙漠风暴一起万物都会荡然无存，光天化日之下处处鬼哭神嚎。又有寸草不生的罗布泊，上不见飞鸟，下不见走兽，往往走一个月不见人烟。还没有道路，行旅只有沿着前人死在途中的枯骨摸索前进。出使这样一个恐怖而陌生的地方，的确需要胆量。

公元前138年，张骞率百人使团从长安出发，取道陇西，踏上了通往阿姆河的漫漫征程。随行的翻译是一位西域胡人，名叫甘夫，因甘夫曾沦为堂邑氏的奴隶，所以又称为堂邑父。当时的河西走廊、塔里木盆地皆在匈奴控制下。张骞一行刚进入匈奴控制区便被匈奴扣留，一扣就是十余年，匈奴给他提供了丰厚的生活条件，还送给他一名美丽的胡女为妻，但张骞念念不忘使命，一直暗中保存着代表汉使身份的符节。终于，张骞在公元前129年寻机逃脱，西行数十天，才到达今吉尔吉斯斯坦境内的大宛国，大宛王热情地接待了他，并送上日行千里的白马，派出翻译将他送到今乌兹别克斯坦境内的康居，然后由康居转送大月氏。

张骞从长安出发时，大月氏王尚且健在，他们仍在阿姆河以北的索格底亚那游牧。而在张骞滞留匈奴的十几年中，大月氏已经征服了阿姆河以南的大夏，拥有了富庶而美丽的新家园。

时间和距离是造物主最妙的魔具，它能让人慢慢地忘记痛苦。当张骞到达大月氏时，大月氏王已死，王后当政，已在中亚安居乐业的大月氏人已经摆脱了血腥而残酷的梦魇，不想再与凶悍的匈奴厮杀。难道那里真有一种忘忧草，抚平了他们昔日的伤疤吗？张骞不信。

张骞在大夏整整住了一年，使出了浑身解数也未能说服大月氏与汉朝夹击匈奴。万般无奈之下，只得带着深深的遗憾回国。

为避开匈奴，张骞选择了南路，打算经青海羌人部落返回长安。戏剧中的曲折情节再次出现，倒霉透顶的张骞再次落入匈奴之手。一年多后，匈奴单于去世，张骞才与胡人妻子和堂邑父乘乱逃回长安。张骞使团出发时百余人，十三年后返回时仅剩两人。张骞此行虽未达到预期目的，却意外地了解了西域及南亚人文地理，为中国发现了一片比汉朝还要广大的崭新世界，他的贡献也许只有哥伦布发现新大陆可以比肩，从而被司马迁称为"凿空"了西域。当张骞将西行见闻向汉武帝汇报后，汉武帝又惊又喜，不仅没有怪罪他未完成使命，而且升其为太中大夫，封博望侯，就连胡人翻译堂邑父也被破格封为奉使君。

此后，中国的丝绸、纸张、瓷器等传入中亚，西域的各种物产源源不断地传入汉地。

多少年后（约公元 1882 年），德国地理学家李希霍芬在《中国》第二卷里，给这条通路起了一个流芳千古的名字——丝绸之路。至今，我仍十分钦佩这位德国人的智慧，能为这样一条充满诱惑也充满险恶、阳光灿烂又危机四伏的路径，命名一个如此柔曼如云、飘逸灵动、色彩光艳、富于质感的名字，真需要一点浪漫情怀。

据我所知，当时外国人想象，丝是东方人从奇特的树叶上梳理出来的细软绒毛。如此说来,丝绸之路的得名也就没什么奇怪了。

打开世界文明进步的浩繁史册,丝绸之路绝非如此轻描淡写。如果有人说,没有丝绸之路,就没有亚洲大陆的历史光彩,进而也没有欧洲异军突起的现代文明,甚至也没有西方人引以为荣的地中海式蓝色文明的成长与扩张,绝非夸大其词。

因为丝绸之路,古老的《旧约》称中国人为"丝人",古希腊称中国"赛里斯",罗马人把中国叫作"新浪"(Sina),印度人把中国称为"支那"(Cina),在印度文里钢铁被称为"中国生",硝石被阿拉伯人称为"中国雪",中世纪之后中国则被欧洲国家叫作"陶瓷之国",此后中国的英文名被永久地确定为China。

四　班超的难题

应付走了张骞,大月氏专心应付内务。

控制阿姆河与锡尔河后,大月氏将辖境分为五个侯国,部落首领被称为翕侯。公元一世纪初,位于今犍陀罗的贵霜翕侯丘就却打败了其他四部翕侯,自立为王,国号贵霜。贵霜的极盛时期,发生在第三代国王迦腻色迦当政时期。将军出身的迦腻色迦夺取王位后,便开始了伟大的远征,向东推进到印度恒河中游,向南深入到南亚次大陆，向西战败了安息国。

当时正值东汉班超经营西域，大月氏不仅帮助班超平定了疏勒的反叛，而且还帮助东汉击破了莎车。

公元 87 年，迦腻色迦在遣使向东汉献上珍宝的同时，仿照乌孙国迎娶汉朝公主的先例，请求东汉将公主嫁给他。但是，他太天真了，和亲是建立在国家平等基础之上的，而这时的东汉根本没有把边远的大月氏放在眼里。

果然，班超不仅没有答应大月氏人的要求，而且气愤地将要求和亲的使者拘留起来，一场战争在所难免。

公元 90 年夏天，迦腻色迦派大月氏副王谢领兵七万，越过葱岭直扑班超。而班超手中根本没有多少兵马，汉朝士兵开始惊恐不安。是战是逃是降？一个人生的重大抉择摆在了这位汉朝主将面前。

在他做出最终抉择之前，我们有必要了解一下他的人生轨迹。

班超，今陕西咸阳东北人，出身于书香门第，是史学家班彪的幼子，《汉书》作者班固的弟弟，才女班昭的哥哥。按说他应该是一个文质彬彬的书生，可不知为什么，他不仅生得虎背熊腰，浓眉豹眼，络腮胡子如钢针一般，而且性格豪爽，行侠仗义，俨然一位武林中人。

三十岁那年，班超一家随兄长班固迁居洛阳。由于家境贫寒，写得一手好字的班超只得替官府抄写文书维持生计。没日没夜地伏案挥毫，对于胸怀大志的班超来说，无异于将猛虎投入了樊笼。一天，这个堂堂七尺男儿长叹道，大丈夫应当效法傅介子、张骞立功异域而封侯，怎么能天天悠闲地围着笔砚转呢?！然后，将笔狠狠地扔到地上。"投笔从戎"的成语由此诞生。

公元73年，四十一岁的班超随同奉车都尉窦固北征匈奴，职务是假司马（代理司马）。假司马官虽小，却是班超文墨生涯转向军旅生活的第一步。一到军中，他就显示了与众不同的胆略，并在蒲类海（今巴里坤湖）之战中小试牛刀，赢得了窦固的赏识。

窦固将出使西域的重任交给了班超。经过短暂而认真的准备，班超率领三十六名骑兵向西进发，一个旷古的传奇开场了。

班超一行来到了鄯善，受到了热情接待。不久，鄯善王突然变得冷淡起来，敏感的班超开始暗中调查。原来，匈奴使者也已到访鄯善。傍晚，班超摆酒宴请三十六名部下。酒到酣处，班超通报了调查结果，并发出了战前动员令："不入虎穴，焉得虎子（又一个成语）。当今之计，唯有趁夜色火攻匈奴使者。灭此虏，则鄯善破胆，大功即成。"

天一黑，大风突起。正所谓月黑杀人夜，风高放火天。班超率领将士悄悄来到匈奴使者大帐，一边顺风放火，一边挥刀冲杀，匈奴使者及其随从几十人或身首分家，或葬身火海。

正如斯大林所说，胜利是不应该受到指责的，即使这是赌博性的胜利。第二天一早，班超将鄯善王请到了自己的营地，让他认真参观了匈奴使者的首级。立刻，惊恐万状的鄯善王宣布归附汉朝，并且同意把王子送到汉朝作人质。

不久，这伙超级刺客从丝路南道来到了巫风日盛的于阗。和鄯善一样，这里也驻扎着匈奴使者，名为监国，实为执政。班超首先设计处死了于阗王十分倚重的神巫，然后手提神巫的首级去见于阗王。于阗王对班超在鄯善国的壮举早有耳闻，如今又得到了当面证实，因而担心性命不保，当即下令屠杀匈奴使者归附汉朝。

东汉西域都护府重新设立，丝绸之路在班超的马蹄声中重现光彩。

前方，就是疏勒国。这时的疏勒国王已经被匈奴支持的龟兹所杀，疏勒王也换成了龟兹人兜题。班超率骑兵从小道出发，暗中逼近兜题的居住地并劫持了他，另立原疏勒国君的侄子忠为国王。

之后，班超征服了尉头国、姑墨国、莎车，从此威震西域，他的官职也升为将军长史、假鼓吹幢麾。

就是这样一位义薄云天、视死如归、凭借一支小分队就能纵横西域的超级杀手，能在远道而来的大月氏军队面前发抖吗？

没人相信。因为在危险面前，狗可能会疯，狼可能会狂，但老虎给我们的从来都是沉稳的身影。班超不慌不忙地定下对策："我方收谷坚守，敌人饥穷自降。"

待到大月氏军队久攻不下、粮尽气丧时，班超在东去龟兹的要道上设下伏兵。果然，满载金银珠玉前往龟兹求粮的月氏使者被全部截杀，使者的首级被送往谢的营帐。

谢大惊失色，进退两难，只好遣使向班超请罪，希望放他们一条生路。班超大度地礼送他们回国。从此，大月氏人年年向东汉进贡，再也不提迎娶公主一事。班超也荣升西域都护，而后受封定远侯。从此，连续发明了两个成语的班超，以其倚天仗剑的造型载入史册，成为中国知识分子戍边报国的一大楷模。

其实兵败班超只是贵霜国史上一个小小的波澜，对于他们在中亚的霸主地位并没有太大的影响。只要表示顺从，东汉还是希望中亚有一个听话的二级霸主的。公元78—102年迦腻色伽当政时期的贵霜，已经建立了纵贯中亚和南亚的庞大帝国，领土包括中亚的阿姆河、锡尔河直至波罗奈以西的北印度，帝国首都也由中亚南移到富楼沙（今巴基斯坦白沙瓦），形成了与罗马、安息、东汉并列的四大帝国。

印度的帝国地位，被他们取而代之。

五　大乘佛教中心

印度被贵霜帝国取代的，不仅仅是军事地位，还有佛教的中心地位。游牧民族对文明的无限向往和盲目崇拜，使贵霜帝国成为当时正在流行的大乘（shèng）佛教的坚定弘扬者。

大乘佛教产生于公元一世纪，是经院哲学家和神学家以佛祖的学说为基础建立起的豪华思想宫殿。这些思想家力图把难以形容、莫名其妙的安详安静，转化为适宜大众信仰的闪烁着金光瑞气的天国。天国里神鸟吟唱，绿树成荫，鲜花遍地，美妙绝伦。获救的灵魂其罪孽已被赦免，端坐在绽开的五彩莲花上得以不朽，而且高声赞美解救众生出魔障的神奇的佛祖。

大乘佛教取承载量大之意，蔑称主张自度的原始佛教为小乘，主张不仅自度而且要普度众生，自己成佛还要助他人成佛。与要求出家的小乘佛教相比，主张普度众生的大乘佛教无疑更有利于帝国的巩固。

迦腻色伽就是大乘佛教的忠实信徒。正因为有他的鼎力支持，大乘佛教才得以迅速传播开来，以致当东印度佛教已不那么兴旺时，西北印度的富楼沙成为佛教的伟大中心。迦腻色伽在富楼沙投资兴建了众多金碧辉煌的寺院和佛塔，亲自召集了佛教史上的第四次结盟。世界上最高的立佛巴米扬大佛，就完工于此时。因振兴大乘佛教有功，他被认为是佛教史上继阿育王之后最伟大的人物。

地域广阔的贵霜帝国的建立，打开了东亚与南亚之间固有的屏障。这里南可至印度、花剌子模，西可至罗马、埃及，东可去中国、朝鲜，丝路变得更加畅通，也为神秘的佛教东传搭起了无限伸展的桥梁。

公元前2年，大月氏王使伊存来到中国，以口授的方式将佛经传给了中国博士弟子景卢，这是佛教传到中国的最早记载。

公元67年，汉明帝派十八名汉使去西域求佛，大月氏高僧迦叶摩腾、竺法兰受邀以白马负佛经东来，在新建的中国最早的寺院——洛阳东门白马寺，两位高僧用毕生精力编译出第一本汉译佛经《四十二章经》。今白马寺内仍可看到两位高僧的墓地，寺内有一座白马像昂首挺立，似乎在向后人诉说着白马东来的历史故事。

魏晋之后，正如《西游记》中所描述的那样，常常有中国高僧不远万里赴西天取经，西域的佛教雕刻、塑造、壁画艺术随之传到新疆和内地。敦煌、云冈、龙门石窟开始开凿。

到了唐朝，佛教达到鼎盛（甚至有人说，中国学者在翻译佛教经典时掌握了音韵上的技巧，才使得唐诗大放异彩）。大乘佛教于公元四世纪后半期经中国传入朝鲜，公元六世纪中叶经朝鲜传入日本。至此，佛教发展成为世界性宗教。

由于佛教在与东方各国本教的比拼中，如"晴空一鹤排云上"般独领风骚，所以也就处处散发出令人迷惑和沉醉的气息，它被从不同的角度讲述着、阐释着，被不同的民族赋予了崭新的内涵，形成了许多五彩缤纷的分支。源远流长且毫无衰落迹象的有流行于中亚、中国、日本、朝鲜的大乘佛教；流行于斯里兰卡和东南亚的小乘佛教，还有流行于中国西藏和蒙古地区的喇嘛教。

每一个佛教徒，都应该记住贵霜。

但有人告诉我："受益的是佛教，受害的是国王。"起初我并不同意这一观点，但翻开历史仔细查阅，一个惊人的一致现象呈现在面前：几乎所有的以佛教为国教的国家都先后衰落了。如古印度、尼婆罗、吐蕃、贵霜、蒙古……

在不同的国度原因肯定千差万别，而且即便是在同一个国家里原因也不会只有一个，但有一点似乎是共同的，那就是，以佛教为国教的国家，一味主张向善、内敛、包容，时间一长，霸气、张力和武力便急剧削弱，直到将霸权交到另一个崇尚武力和扩张的政权手上。

贵霜的衰落还有自己的个性原因。迦腻色伽帝国，幅员辽阔，民族众多，各有各的生活方式，没有统一的经济基础，统治民族和被统治民族之间不平等感日渐强烈，国内厌战情绪高涨，矛盾一触即发。

最不明智的是，晚年的迦腻色伽竟然萌发了北征的念头。就在北征途中，老皇帝突然病倒。这就给了厌战的将军们下手的机会。夜里，一位将军派遣的刺客进入大帐，将老皇帝闷死在被子里。迦腻色伽没能以一个佛教徒的方式结束生命，是他最大的遗憾。

老皇帝的被害，使全盛的贵霜元气大伤。到公元三世纪，贵霜已分裂为若干小公国，西亚的萨珊王朝和东印度的笈多帝国从两个方向不断挤压贵霜的政治空间。后来，被西方称为白匈奴的嚈哒人，攻灭了大月氏残余，在贵霜故地上建立起了恐怖的嚈哒国。贵霜，这个在当时家喻户晓的名字不再被后人知晓。

六　英雄莫问出处

我们还是从大月氏被湮没的遗憾气氛中走出来，把镜头切换到中国西部，去看看那伙没有西迁的小月氏吧。

带着匈奴骑兵留下的深深创痛，他们躲进偏僻的南山，过起了隐姓埋名的日子。直到公元前121年霍去病把匈奴从湟中赶走，小月氐人才走出深山归附汉朝，在张掖一带与汉人杂居，先是被官方称为义从胡（取归顺之意），后来被改称羯（jié，指羯羊）族。

魏晋南北朝时期，出于对平原、城市、文明和富裕的无限向往，散居上党郡的羯人与匈奴、鲜卑、氐、羌一起持续内迁。与匈奴和鲜卑成群结队内迁不同，单个地、零星地来到中原的羯人，既没有亲友，更没有土地，只能沦为悲惨的雇工、奴隶和兵丁。按说，人是生而平等的，也是生而自由的，却无处不在枷锁之中，人们一出生毫无例外地都要分出高低贵贱。富家子弟即使白痴一个，也能妻妾成群。奴隶即使有肺，也不能自由呼吸。

接下来是一段动荡年代兵荒马乱里沧海横流的故事。故事的主人公是一位名叫石勒的上党羯人，他自幼丧父，与母亲相依为命，靠为人做苦工维持生计。因为贫苦和卑贱，他连姓也没有，只能算茫茫人海中的一粒泡沫。

八王之一的司马腾为了筹措粮饷，竟然想出了贩卖奴隶的卑鄙手段，无数穷苦青年被戴上枷锁，徒步越过两千米高的太行山，走向五百公里外的山东奴隶市场，被卖入商人和地主家为奴。石勒从母亲身边被抓走时已经二十一岁，今天我们还仿佛能听到那衣不遮体的老妇人绝望的哭声。

石勒最初被卖给山东茌平的一户地主为奴，后来被转租给武安的一户地主。半路上被一伙靠卖人为生的军士抓住，捆在一起准备拉到集市上卖掉。凑巧荒野里有一群鹿飞驰而过，惹得这伙嘴馋的强盗前去追逐鹿群，石勒乘机挣脱绳索逃之夭夭。

对于如今的很多人来说，心灵是最柔弱的地方。爱情的背叛，亲人的离去，财富的丢失，都可能使自己的心灵受到伤害。然而，对于石勒来说，还有什么不可以承受的呢？他失去了亲人，失去了自由，失去了尊严，连最起码的温饱都无法得到。他已经成为真正的无产者，具备了彻底革命的一切条件。

他决定铤而走险。他找来一起干活的十七个奴隶，号称"飞天十八骑"，将农具磨尖擦亮，干起了四处抢劫的勾当。后来，他依附于一个农民暴动集团，被这个集团的首领汲桑取名"石勒"。但不久，他们就被晋朝军队打散。

只要另起一行，人人都可以成为第一。被打散的石勒集结了一支属于自己的上党军队，投奔了北汉皇帝刘渊，被封为辅汉将军，奉命在中原一带开展游击战争。他的游击战略，居然逐渐把晋王朝的内脏挖空。

他个人魅力的万丈光芒，照穿了晋朝官员的黑心烂肺，也温暖了贫苦百姓冰冷的心田。渐渐地，他的军队像雪球般越滚越大。渐渐地，过去的苦难经历和如今的呼风唤雨，让这个普通人的心变得复杂起来。远大的志向如带雨的云团，长时间在他的胸中翻腾着，挤压着。不只是一个不眠的夜晚，石勒的耳边不断地响起秦末戍卒陈胜的那句话："王侯将相宁有种乎！"

七　逐鹿中原

机会终于给了石勒。

公元318年，北汉爆发内乱，镇守长安的将军刘曜宣布建立赵国，史称"前赵"；军功并不亚于刘曜的石勒也于第二年在襄国（今河北邢台）自称赵王，史称"后赵"。公元330年，石勒灭亡了前赵，自称大单于、大赵天王。后赵最为强盛时，拥有北方十五州。

世人在重视一个人成功的时候，往往只看到成功的辉煌，而不理会之所以成功的原因。石勒的成功绝非只凭蛮力，他虽然大字不识但善于学习，在戎马倥偬中常令儒生读书给他听，因而成为既有勇武臂膀又有智慧大脑的乱世豪雄。

在他的眼里，人才是不分民族的，只要有一技之长并真心归附的汉人一样可以入朝为官。基于此，北方隐居多年的"衣冠之士"纷纷依附于他。在一次大宴群臣的时候，石勒趁着酒兴问大臣们："你们看我比得上古代哪位帝王？"身边一位大臣恭维他说："陛下的英名与功德已经超越汉太祖,其他帝王都无法与陛下相提并论。"石勒仰天大笑道:"你言过了,如果生逢汉太祖,我只能做他的臣子,同本领与我相当的韩信、彭越一起辅佐汉太祖;如果生在光武帝时代,我倒是可以与他逐鹿中原,究竟鹿死谁手还说不定呢!"

这位"大老粗"话音刚落,两个文采飞扬的成语随之诞生。

更为难能可贵的是,他抛弃了少数民族惯有的民族仇视心理,在征战中小心谨慎地处置与汉人的关系,集中汉族士人组成了"君子营",推行了"汉夷分治、汉夷互尊"的政策。

尽管没有文化但绝不嫉贤妒能,尽管身为胡人却绝不排斥汉人,这就是为什么一个蕞(zuì)尔小国的一个几乎目不识丁的国王能够神奇地称霸一方,成为熠辉于历史星空上的一颗明星的根本原因。如今晋戏中的霸王鞭,就源于一千六百年前这位少数民族英豪的指挥马鞭。

他是戏剧人生最精彩的诠释者:你可以出身卑微,但必须卓尔不群。于是我们感叹:面对平原上天仙般的牡丹,也许山花是个落魄者。但当山花烂漫的时节,谁又能不赞赏有加呢?!

但他也有遗憾:如果早日南征,或许能一统中国,但年龄的衰老使他壮志消磨,他于公元333年死于一场疾病。

八　瓦釜雷鸣

石勒死了，太子石弘继位。但在黄钟毁弃、瓦釜雷鸣的年代，温文尔雅的君子是很难立足的。石勒的侄子石虎领兵多年，以残暴和善战威震内外，石勒一死，手握兵权的石虎便于次年废掉温和的石弘自立为王，并随后杀掉了石勒所有的子女。

对此，已经去世的石勒难辞其咎。因为连农夫都知道，让庄稼长好的最好办法就是锄去周围的杂草。而且石勒身边的人都知道，石虎人如其名，属于那种无风要起三尺浪，见树还要踢三脚的人。但石勒偏偏对这位侄子百般纵容，并给了他统领军队的大权。后来，太子石弘的舅舅程遐建议将石虎调出京城。一天夜里，石虎竟然选拔数十名彪形大汉，飞檐走壁进入程家，将程遐打得体无完肤，还当着程遐的面将他的妻子女儿一一轮奸。消息传到石勒那里，他竟然掩嘴而笑。

说穿了，多数时候，历史只是人类寻找食物进而在吃饱之后寻求享乐的历史，这一点在石虎身上表现得尤为突出。石虎将都城从襄国迁到邺城后，在邺城以南开辟了世界上最大的狩猎围场，任何人不许向野兽投掷一块石头，否则就是"犯兽"，要判处死刑。官员们遂用犯兽作为敲诈勒索的工具，谁要是被指控犯兽，就死定了。当时的国民，每天起床都得摸摸脖子，证实脑袋是否真的没有搬家。石虎还硬征十三岁以上二十岁以下的百姓女三万人，填充到邺城、长安、洛阳动用四十万人兴建的宫殿中，供自己随时享乐。人民被迫卖子卖女来供奉石虎的挥霍，等到子女卖尽或没有人再买得起时，善良的农民便全家自缢而死，道路两侧树上经常可以看到悬挂的尸体。

公元337年，他立儿子石邃为皇太子。

石邃少年时代就随父从军，血液中遗传着父亲的残暴与野性。后来竟带着骑兵去刺杀河间公石宣并试图发动叛乱。石虎先是亲自用鞭子抽打他，然后宣布废为平民，当天夜里又把他连同妻子儿女二十六人全部杀死。

后来的太子石宣害怕弟弟石韬跟自己争位，先派人刺杀了弟弟，然后密谋干掉老爹提前接班。事败之后，不久前还对大臣讲"我实在不懂晋朝司马家自相残杀的原因，我们石家多么和睦"的石虎，在邺城铜雀台附近的一片开阔地上点燃了数丈高的柴垛，将被砍断四肢的石宣投入了熊熊的烈火，然后把石宣所有的妻妾儿女，均用钢刀剁去头颅，扔进还在燃烧的柴堆中。太子宫的太监和官吏三百五十人被五马分尸。东宫卫士十万人也被送到凉州"劳改"。

石虎死后，石虎养孙——汉人冉闵（又叫石闵）颁布了历史上著名的《杀胡令》："汉人斩一胡人首级送凤阳门者，文官进位三等，武职悉拜东门。"于是，汉人把对石虎的仇恨发泄到了整个羯族身上。他们见胡人就追，追上就杀，仅首都邺城及其周围就有包括羯族皇亲和平民在内的二十万人被杀。羯族统治者三十年的残暴在极短的历史瞬间就遭到了报应，一个民族就这样完全消失在茫茫的历史沧海中。

第九章　乌孙——游牧的战神

人无法选择自然的故乡,但可以选择心灵的故乡。

——哈佛学生经典语录

读者是否还记得，月氏曾经有一个关系紧张的邻居，名叫乌孙。这一章，就是乌孙的故事。

一　苦难里开出鲜花

他叫昆莫,是普天下最不幸的人。

他是在路上不合时宜地降生的。他出生时,父亲——乌孙部落首领难兜靡已被月氏人杀死。逃难途中的母亲刚刚生下他,就因失血过多死去了。

一个嗷嗷待哺的婴儿被孤零零地扔在旷野里,随时面临着无数种可能的威胁,或者有一只野狗碰巧路过,他随之成为一顿大餐;或者有一只雄鹰低空掠过,将他叼上了天空;或者有一只野牛飞奔而过,他成为对方的蹄下冤魂;即便是没有以上的可能,他也一定会被渴死、饿死或者冻死。

但西方有位哲人说过,把走运的男人抛进大海,他也可能会衔着条鱼浮上来。史料记载,当人们发现昆莫的时候,竟有野狼以乳喂养着他,飞鸟叼肉守护着他。神奇的消息传到匈奴,老上单于认为他是神人,因而抱回王庭收养起来。

气流阻碍着鸟的翅膀，天空才有了飞翔。在寄人篱下的环境中，国难家仇集于一身，时刻梦想东山再起的昆莫不仅铸就了一身的武艺，而且练就了非凡的胆略。他还年轻，他在等待。他深深地明白，时间既然能使河水枯竭、沧桑巨变，美人色衰，那就没有什么不可能的。

昆莫长大后，老上单于让他带领乌孙降众守卫西部边塞，直接面对曾经的仇人——已经西迁到伊犁河的月氏。你可知道，童年的记忆就如同菜园里的杂草一样顽固，他永远忘不掉被赶出故乡的痛楚。公元前161年左右，昆莫请求老上单于允许他西攻大月氏，以报杀父之仇。老上单于也想假借昆莫之手消耗大月氏，于是痛快地答应了他。

此举无异于放虎归山、纵龙入海，早已厌倦了寄人篱下生活的昆莫率部倾全力猛攻大月氏，迫使大月氏进一步西迁大夏，昆莫在伊犁河流域有了自己的势力范围，收服了未及撤走的塞种人和大月氏人，使域内居民达到了十二万户，六十三万，军队也达到了创纪录的十八万人。

有了自己的地盘、臣民、军队，乌孙国宣告成立，都城设在赤谷城（今吉尔吉斯伊什提克一带）。这个崭新的绿洲国家东接匈奴，南靠焉耆、龟兹，西和西北与大宛、康居为邻，统治区域纵横五千里。

对自己有养育之恩的老上单于死后，昆莫不再按期朝会匈奴。匈奴新单于不甘心昔日的臣属与自己平起平坐，便兴兵讨伐。

人们常说，胜利属于敢于牺牲的一方。尽管匈奴军队气势汹汹，但乌孙军民众志成城，结果来犯者大败而归。经此一战，匈奴更加相信昆莫有神相助，从此打消了与乌孙为敌的念头。

二　张骞二使西域

当时有一个人不相信宿命，那就是第一次出使西域没有达到目的、后来随同李广出兵匈奴吃了败仗被剥夺了爵位的张骞。

张骞在自己疲惫的身心稍显舒缓后，又在某一天向汉武帝献计，要求派出使团与伊犁河流域的乌孙结盟，砍断匈奴的"右臂"。稍加思索后，汉武帝批准了这一建议。

使团的领袖当然还是心不死、胆奇大的张骞。公元前119年，张骞率领三百人的庞大使团二使西域。因为占据河西走廊的匈奴浑邪王投降，汉朝已经直接与西域接壤，所以使团顺利到达了乌孙。

张骞受到了昆莫的热情欢迎。如同外交辞令中常说的那样，宾主进行了热情友好的谈话。张骞建议双方联合夹击匈奴，许诺在战后允许乌孙回祁连山旧地居住。但乌孙距匈奴近，大臣皆畏惧匈奴；

距汉朝远，不知汉之大小，因而不敢下决心与汉朝结盟，更不愿盲目东归。据理力争已没有任何意义，张骞再一次在宿命面前败下阵来。

令张骞稍显安慰的是，昆莫派人送张骞的副使分别访问了周边各国。更令张骞意想不到的是，在公元前115年张骞返回长安时，昆莫派数十名使臣携礼陪同，到汉朝长安窥探虚实。

宽阔的大道、辉煌的宫殿、如织的人流令乌孙使臣眼界大开，瞠目结舌。其情其景比张骞的描述有过之而无不及。回到乌孙的使臣们将盛况如实报告了昆莫，使之萌生了与汉朝结盟的强烈欲望。

张骞二次出使西域，虽然未能达到与乌孙合击匈奴的目的，但以艰难困苦为代价，使中原人得到了前所未有的关于西域的丰富知识，使汉朝的声威和汉文化的影响传播到了当时中原人世界观中的西极之地，沟通了一条通向中亚、西亚和南亚乃至欧洲的陆路通道。此后，中亚、西亚、南亚诸国陆续派使节随张骞的副使来到汉朝。与此同时，汉朝商人接踵西行。大量丝绸、瓷器、茶、白矾、砂糖、樟脑等不断西运。西域的安石榴、葡萄、苜蓿、胡桃（核桃）、胡麻（芝麻）、胡瓜（黄瓜）、胡蒜（大蒜）、芫荽（香菜）、绿豆、波斯草（菠菜）、胡萝卜、无花果、茴香、葱等进入中原。无怪乎一位诗人感叹："不是张骞通西域，安能佳种自西来？"

丝路的开通及西方国家使臣的络绎东来，令好大喜功的汉武帝喜不自胜。于是，他拜张骞为大行，负责掌管汉朝各族事务。

三　扬州美女

往事永远如画，距离产生美感。闻听故土东方的汉朝富甲天下，美女如云，昆莫便派遣使者返回长安，声明取消王号向汉称臣，并以珍贵的西域良马作为聘礼请求和亲。

不久前，汉武帝在一次占卜中得到了"神马当从西北来"的兆示。乌孙良马一到，汉武帝立即将它命名为天马，并兴致勃勃地作《天马歌》以宣泄自己骋步万里、降服四夷的雄心。

汉武帝答应了乌孙王永结姻好的要求。立刻，比昭君出塞早了七十二年的扬州美女细君出塞的故事拉开了序幕。

细君公主不是汉武帝的女儿，而是一位从小就失去父母的孤儿。她的生父就是江都王刘建。据说这位藩王在做江都王太子时，就与父王的美人私通。服丧期间，他竟与父王的十多个姬妾轮流淫乱。野史记载，刘建一日无聊至极，让一匹马和一头驴子交媾，数月后母驴竟然生出一头"四不像"来，比马更有耐力、比驴更为高大、适合长途驮运的牲畜——骡子由此诞生。

因发明了骡子名声大振的刘建头脑发热，后来竟然做起了皇帝梦，直到公元前121年东窗事发自缢身亡，他的妻子也因为同谋罪被斩首，江都国从此被改为广陵郡。

父母死时，细君因为幼小得到赦免，被叔祖父汉武帝收养在宫中。

就连父母双亡和背井离乡的悲苦，也无法遮蔽她雨后春笋般向上的日子，细君不仅出落得雪乳玉腕，丰姿绰约，而且出人意料地成长为汉代诗坛上一株凄美的修篁。据说，她还是乐器琵琶的首创人。

大凡美好的事物，尤其是美丽的生命，总会有接踵的苦难煎熬她。当时的汉女崇尚骨感、轻盈。细君显然受到了这一"美女流行病"的长期感染，也是一位典型的骨感美人，身子如"娇花照水，弱柳扶风"一般，恍若无骨，弱不经裳，"心较比干多一窍，病如西子胜三分"。而且这位扬州美女从未出过远门，让这位娇弱女子承载一个国家的和亲使命，的确有些难为她了。

为解细君的途中寂寞，汉武帝令人沿途弹奏琵琶，千方百计引得公主一笑。看来，细君的脸上并没有现出灿烂和喜悦，必定是"马上拨弦诉离情，塞燕高飞伴女行"，要不后代诗人为什么感叹"行人刁斗风沙暗，公主琵琶幽怨多"呢？

为了显示汉朝的威风和恩赐，朝廷对公主远嫁乌孙一事大肆宣染，以至于公主还未启程，周围的国家就得到了消息。

下面发生的事情无情地证明，汉朝过度的宣传是多么愚蠢和多余。公元前105年，细君启程的消息传到匈奴，匈奴单于赶紧把自己的女儿嫁给昆莫。细君到达乌孙后，最尊贵的左夫人一位已经被匈奴公主占据，她只能屈居右夫人。好在，年方十七岁的她太漂亮了，乌孙人皆称她为柯木孜公主，意思是"肤色白净美丽得如同马奶酒一样的公主"。

但不管怎么说，一开始就不顺利，加上不懂胡语，过不惯乌孙人的生活，而且对年迈的昆莫心存遗憾，细君公主开始以诗歌寄托心志，最终吟咏出了千古流传的《悲愁歌》（又名《黄鹄歌》）：

吾家嫁我兮天一方，远托异国兮乌孙王。
穹庐为室兮旃（zhān）为墙，以肉为食兮酪为浆。
居常土思兮心内伤，愿为黄鹄兮归故乡。

细君的青春里掖了太多道不出、诉不尽、挥不去、甩不脱的酸楚、哀怨、孤寂和伤感。汉武帝也很同情她，每隔一年就派使臣前往探望，并令随嫁的工匠在夏都（今新疆昭苏草原）为她修建了一座汉式宫殿。老乌孙王更是善解人意，愿意把她改嫁给王储——青春年少的孙子（昆莫之子早死）岑陬（zōu）。饱受孔孟之道熏陶的细君一时难以接受。汉武帝亲自写信，规劝细君"从其国俗"。于是，细君含羞改嫁给了往日的孙子岑陬。从此，人生于她，只余下远方的长天和永恒的沉默，那种不再望归的悲楚，恰如荒漠深处被摈弃的小羊。

昆莫死后，孙子岑陬军须靡继任昆弥（乌孙最高首领）。而且，她也为新丈夫生下了一个女儿，名叫少夫。

可惜，刚刚生下女儿，细君就因身体虚弱撒手人寰。一棵被移植到西域的树，就这样骤然干枯，成为中原女子们心中久久不能删去的隐痛。

四　铿锵玫瑰

乌孙王肯定对东方美人情有独钟。因为细君刚刚病逝，岑陬就以维持汉乌亲善为名，请求汉武帝再赠一女。

新公主名叫解忧，楚王刘戊的孙女，也是一位南国美人。与细君不同的是，解忧不仅生得丰腴健美，英姿飒爽，而且落落大方，胆识过人，娇媚中蕴含着浓浓的英雄情结，具有一副忠君报国的侠骨柔肠。

公元前102年，十九岁的解忧被封为"楚公主"，踏上了远去西域的漫漫途程。到了乌孙，解忧的侍女冯嫽也嫁给了乌孙右大将。

初到乌孙的解忧并不顺利，因为丈夫岑陬像祖父一样，也拥有汉匈两位公主。匈奴公主生有一子取名泥靡，而解忧却未能生子。后来岑陬暴死，儿子泥靡年龄尚小，昆弥之位依据惯例传给了季父大禄的儿子翁归靡。因翁归靡看上去又肥又痴，所以乌孙人戏称他为"肥王"。

按照风俗，肥王继承了解忧与匈奴公主。也许是性情相投吧，解忧接连为肥王生下了三位王子和两位公主。长子元贵靡被立为嗣子，次子万年后来成为莎车王，小儿子大乐官至左大将，长女弟史嫁给龟兹王绛宾为妻，次女素光则嫁给乌孙呼翎侯为妻。肥王对解忧言听计从，乌汉双方进入了蜜月期，一度沉寂的丝路也恢复了往日的喧闹。

也许对乌孙亲近汉朝心怀不满，也许对匈奴公主受到冷落心有不甘，匈奴单于发兵攻打乌孙国，并声称得到解忧方才退兵。汉宣帝于公元前72年派出五员大将率军挺进塞外，迫使匈奴退走。随后，西域校尉常惠与乌孙合击匈奴，使匈奴付出了四万颗脑袋的惨重代价。公元前59年，汉朝设立西域都护府，匈奴势力退出西域。

天道循环，是不以人的意志为转移的。肥王病逝后，泥靡被拥立为昆弥，解忧之子元贵靡的继承权被剥夺。此时，不仅解忧失去了往日的风光，稳固多年的汉乌关系也在一夜间付诸东流。

这位饱经冷漠的昆弥，开始以十倍的疯狂倒行逆施，弄得乌孙国鸡犬不宁，人人自危，因此被称为"狂王"。而解忧也无奈地第三次嫁给了这位狂王，并忍辱为他生下了儿子邸靡。

忍无可忍的解忧，与汉使魏和意、任昌密谋，准备在酒宴上除掉狂王。但行刺未能成功，狂王负伤逃走，狂王的一个儿子发兵将解忧和汉使围困在赤谷城内。在接下来的日子里，公主和城中军民击退了一次又一次的血腥进攻。城墙上众志成城，城墙下血流成河。

数月后，西域都护郑吉调来西域诸国兵马方才解除重围。为了顾全大局，汉宣帝派人前往乌孙给狂王疗伤，还违心地将两名汉使斩首。那一刻的解忧，唯有泪如雨下。

螳螂捕蝉，黄雀在后。虽然解忧的计划流产了，但肥王与匈奴公主所生的儿子乌就屠却成功地刺杀了泥靡，自立为昆弥。由于担心乌就屠归附匈奴，汉皇命令破羌将军辛武贤领兵一万五千人火速到达敦煌，准备西征乌孙。恶战一触即发。

西域都护郑吉了解到冯嫽的丈夫与乌就屠关系密切，便派冯前往劝说乌就屠投降。就这样，中国移植在西域的第二朵绝色玫瑰铿锵登场。像她的主子解忧一样，这位侍女出身的汉族女子也是一位义薄云天、韬略满胸的不凡女性，冒着被杀头的危险，冯嫽只身来到乌就屠的营帐，凭借着自己的凛然正气和伶牙俐齿，对乌就屠析以时势，晓以利害，硬是使得此前又臭又硬的乌就屠低下了高昂的头颅。

冯嫽在乌就屠答应投降的前提下，回到长安向汉宣帝报告了事件经过。汉宣帝任命冯嫽为正使，竺次、甘延寿为副使，锦车持节回到西域，全权处置乌孙事件。她将乌孙分为大小昆弥二部，让肥王与解忧所生的元贵靡担任大昆弥，领户六万；让乌就屠担任小昆弥，领户四万。经过纤纤玉手的点拨，一场错综复杂的恶性事件潮退波平。

多少年的风刀雪剑，依然载不走对故乡太真、太实、太沉、太痴的眷恋。哪怕天上飘过一丝云，原上刮来一缕风，戈壁绽放一朵花，都会牵动她们无穷无尽的情愫。公元前51年，元贵靡病死，其子星靡代为大昆弥。经历了太多喜怒哀乐且华发尽染、高龄七十的解忧带着三个儿女与冯夫人一起返回汉朝。两年后，公主在长安仙逝。

即位后的星靡为人怯懦，难以服众，乌孙再次发生内乱。

解忧已逝，谁堪大任？汉帝想到了冯夫人。很快，冯夫人奉诏西行。一到乌孙，内乱戛然而止，星靡和乌就屠从此十七年相安无事。前赴后继的解忧公主与冯夫人得以在西域纵横捭阖五十年而一言九鼎。

从此，乌孙国生活在了汉朝西域都护府的影子里。

五　融入哈萨克

如果乌孙人因此而埋怨汉朝，那就大错而特错了。因为强盛的汉朝一灭亡，乌孙人就甘尽苦来了。

首先，草原新霸主柔然发兵来攻，战败后的乌孙被迫逃到葱岭放牧。柔然西去后，天山以北的乌孙故地又被东西突厥瓜分。成吉思汗占领中亚后，他们相继成为金帐、白帐、蓝帐汗国的臣属。后来，蓝帐汗国月即别可汗的部属与突厥人、乌孙人长期融合，形成了一个新的民族群体——月即别人。

公元1456年，月即别克烈汗和贾尼别克汗率领部属投奔东察合台汗国，东迁到楚河流域，正式取名哈萨克，突厥语意为游牧战神。他们以楚河和塔拉斯河流域为基地，建立了独立的哈萨克汗国，都城为土尔克斯坦城。

随后，哈萨克汗国与东察合台汗国、帖木儿帝国及昔班尼汗所率领的乌兹别克部落展开了长达三十年的混战。善于保存实力的哈萨克汗国日益强大，在哈斯木汗统治时期达到了鼎盛，领地东南据有七河流域，南至锡尔河，西达乌拉尔河流域，北到伊施姆河，东北包括巴尔喀什湖以东以南的辽阔区域，人口膨胀到百万以上。

公元十六世纪末，哈萨克部落全部归附到哈萨克汗国境内，众多部落按血缘关系划分为大中小三个玉兹（突厥意为部分、方面）。大玉兹即乌鲁玉兹，又称大帐、右部，占据着七河流域及楚河、塔拉斯河流域，以古老的乌孙人为主体。中玉兹，即奥尔塔玉兹，又称中帐、左部，占据着萨雷苏河、锡尔河、额尔齐斯河、托博尔河等流域，以葛逻禄后裔阿尔根部为主体。小玉兹，即基希玉兹，又称小帐、西部，以阿兰人后裔阿里钦部为主体，冬季在伊别克河、乌拉尔河畔游牧，夏季则迁往阿克提尤别草原。

今哈萨克斯坦总面积二百七十二万平方公里，居世界第九位；总人口一千九百七十七万，哈萨克族近一千三百五十万；新首都阿斯塔纳。

公元1992年1月3日，中哈两国建交。与中国有着一千七百多公里共同边界并参加了"上海五国集团"的哈萨克斯坦已成为中国的朋友。哈萨克斯坦的冼星海大街是中哈两国人民友好的象征。一条把北京与阿拉木图、塔什干连接起来的铁路已经贯通，哈萨克领导人还响应中国国家主席习近平关于建设新丝绸之路经济带的倡议，表达了使东起中国连云港，西达荷兰鹿特丹的"第二大陆桥"保持畅通的美好意愿。

六　"熊"口夺食

公元1864年之后的二十年间，俄国强迫清朝签订了一系列不平等条约，割占了原属清朝的巴尔喀什湖以南、以东和斋桑湖一带的哈萨克居住区，并按照"人随地归"的原则，不允许哈萨克人归附大清。尽管如此，仍有许多哈萨克人结伴回到伊犁和博尔特拉，使得伊犁成为著名的哈萨克聚居区。

公元1870年，阿古柏叛军攻陷乌鲁木齐。第二年，俄国趁火打劫，出兵赶走了大清伊犁将军衙门，占领了新疆耕地最为肥沃、人口最为稠密、工商业最为发达的伊犁地区。对于这种明目张胆的侵略行为，它向清朝解释说，因为清朝已经无法在那里行使主权，所以基于朋友的道义，暂时代为管理，以免落入叛军之手；一旦新疆的叛乱平息，俄国就将双手奉还。在他们看来，清朝再也不可能回到新疆，伊犁地区并入俄国已成定局。

清军没有放任新疆丢失。陕甘总督左宗棠率六万湖湘子弟西行，短短一年就扫荡了阿古柏并收复了天山南北的大片国土。这一结果，令俄国人十分惊诧。依他过去所做的承诺，必须无条件地从伊犁撤退。俄国人实在无法拒绝撤退，却要求谈判撤退的条件。按照惯例，谈判地点应在两国边界或第三国，但俄国却硬将谈判地点定在自己的首都圣彼得堡。

清朝于公元1879年派遣满洲权贵崇厚前往俄国，这是中国历史上第一次派遣使者到外国首都办理交涉。这位满脑袋糨糊的使者认为，只要收回伊犁就算完成了任务。而且临行前他通过占卜得知此行不利。因此他到达俄国后，很快签订了包括赔款白银二百八十万两，割让霍尔果斯河以西和特克斯河流域五万平方公里土地给俄国，斋桑湖以东重新划界在内的《里瓦几亚条约》，然后，仓促回国。

按照条约，清朝只收回了一个伊犁孤城，城西和城南的土地全部丧失。此时的清朝已经略懂国际事务，加上英国暗中出谋划策，于是做出了三个决定：一是拒绝批准这个条约，二是将擅自回国的崇厚判处死刑（卦象果然应验），三是令左宗棠准备进攻伊犁。

尽管俄国人不甘示弱，但他们还没有西伯利亚铁路，从国内运兵要浪费很多时间，而且新征服的中亚有同清朝联合反抗的苗头，最后两个国家重开谈判。清朝没有再派满洲权贵，而是派出富有外交经验的曾国藩的儿子曾纪泽作为全权代表。公元1881年，《圣彼得堡条约》（又称《收回伊犁条约》）终于诞生，上个条约中割让特克斯河流域的条款被删掉，不过赔偿的军费增加到五百万两白银。不管怎么说，伊犁总算重新回到祖国的怀抱。两年后，自感吃了亏的俄国人再次跟清廷勘定斋桑湖以东的边界，通过《科塔条约》割走了三万平方公里的土地。至此，"北极熊"共从中国西北割走土地六十三万平方公里。中国境内的哈萨克人只剩下中玉兹的克烈部和乃蛮部。

公元 1954 年十一月二十七日，中国在哈萨克聚居区成立了伊犁哈萨克自治州，辖伊犁、塔城、阿勒泰三个地区二十四个县市。还设立了新疆木垒、巴里坤哈萨克自治县，青海海西蒙古族哈萨克族自治州，甘肃阿克塞哈萨克族自治县。中国境内的哈萨克人已达一百五十多万。

第十章　回族——弄潮千年商海

如果你想走得快，那么就一个人走；如果你想走得远，那么就一起走。

——非洲民间谚语

民族史说穿了就是迁徙史。与乌孙由东向西迁徙完全相反的是，一些西亚、中亚人自西向东不断迁徙，最终在中国形成了一个美丽而智慧的混血民族——回族。

一　　神秘使团

公元628年,一个波澜不惊的年份。

一个引人注目的神秘使团来到唐太宗李世民的宫廷。这是一伙说闪米特语的阿拉伯人,他们从阿拉伯半岛麦地那港口延布启程,由波斯湾经马来半岛至南中国海的"香料之路"和"陶瓷之路"来到广州。

他们自称是"上帝的使者"穆罕默德派来的,郑重其事地向大唐皇帝呈上了一封信。信的内容应该与同一年送给拜占庭皇帝赫拉克利乌斯和忒西丰国王卡瓦德的信一样。

我们从西方历史上得知,穆罕默德写给赫拉克利乌斯的信几乎就是一张挑战书,信中要求拜占庭皇帝承认唯一真正的上帝并且侍奉这个上帝。关于这位皇帝接到信后的情景已无文献可考,很可能没有给予答复,或许只是耸耸肩一笑了之。其后果是,许多年后,穆罕默德的妹夫奥马尔、塞尔柱人、奥斯曼人遵照穆罕默德的遗言,对拜占庭发起了一轮又一轮报复性进攻,直至君士坦丁堡变成伊斯坦布尔。

而接到同样的信件时，弑父自立的波斯忒西丰国王卡瓦德正忙着收拾国内的持不同政见者。莫名其妙的挑战书使心情糟糕的他极为愤怒，他把信撕碎扔向使者，喝令他滚回老家去。当使者将这一情形报告给麦地那的发信人时，发信人雷霆震怒："啊，真主！就这样吧，请你夺去他的王国吧。"

后来，发信人的继承者按照真主的旨意，发起了疯狂的报复，这支高呼安拉的穆斯林铁蹄挺进波斯，在那里建立了一系列穆斯林王朝，使波斯逐渐成为世界伊斯兰教的一个伟大中心。直到公元二十一世纪的今天，伊朗宗教领袖的地位还在伊朗总统之上。

大唐皇帝没有像赫拉克利乌斯那样对信不理不睬，更没有像卡瓦德那样粗暴地辱骂信使，他诚挚友好地接待了他们，像对待此前的佛教和此后的景教一样表示了兴致，还为广州的阿拉伯商人建了一座清真寺。这座庙宇至今犹在，是世界上最早的清真寺之一。

唐代中国，是一个鸟儿在天空任意翱翔，鱼儿在水中自由游弋的时代。没有外贸壁垒，没有民族歧视，也无须办理身份证或者绿卡。大唐之聪明未必超过古人，德行未必胜过圣贤，肌肉未必比祖先发达，为什么能成为世界经济文化的一大中心，而先人数千年一直蜗居在历史车辙的泥水里？因为开放，因为向先进文化看齐，因为向所有宗教大开绿灯。

得益于大唐包罗万象的宽广胸怀,丝绸之路,这个令全球商旅心驰神往的黄金商路,在经历了两晋南北朝的长期静谧之后重新喧闹起来。驼铃悠悠,摇落大漠多少星月。通过沙漠中那些若隐若现的驼队,唐朝那如同落霞与彩云般的丝绸、那魅力四射的瓷器源源不断地输入波斯,波斯的珠宝、香料、药品也如涓涓细流汇入中国。从此,一批多过一批的回族先民——穆斯林"蕃客"海陆分程,闪现在"陆上丝绸之路"和"海上丝绸之路"上。都城长安、河西走廊地区以及东南沿海的广州、扬州、泉州、杭州,是他们经商落居的主要去处。他们还大钻中国"朝贡"体制的空子,以"进贡"的方式把自己的货物运到中国"卖"给朝廷,再把回赐的礼物运回阿拉伯卖给当地富人。商场得意的大食商人们干脆定居唐朝,有人还考中了大唐进士,留居中国的阿拉伯和波斯人一度达到了十几万。

二 感谢成吉思汗

落花无声,春秋代序。时光流淌到五代十国时期,飘逸的丝路被金戈铁马撕成了碎片,穆斯林"蕃客"的生财梦也随之破灭。他们只能听天由命、困坐愁城,并祈祷着一个强权政府的诞生。

祈祷终于生效了，而且这个新巨人强大得让人瞠目结舌，辽阔得令人匪夷所思，这就是冷兵器时代的主宰——日行千里、来去无踪的蒙古骑兵。在成吉思汗、拔都、旭烈兀三次西征中，葱岭以西、黑海以东广阔的穆斯林地区被铁蹄踏平，成吉思汗子孙建立的汗国连成了一片，古老而漫长的丝绸之路全部进入了蒙古人的版图。

一位外国人在书中感叹："在成吉思汗的统治下，从伊朗到图兰之间的一切地区内是如此平静，以至于一个头顶大金盘的人从日出走到日落之处，都不会受到任何人的一点暴力。"于是，沉寂已久的丝路重新开放，久违的驼铃重新回荡在漫漫长路上，浓眉大眼、胡须飘飘的西域回回随获胜的蒙古大军接踵东来，他们以入侍、经商、求官、传教的名义甚至俘虏的身份联翩而至，不绝于途。

成吉思汗病逝后，他的继承者并未终止从中亚移民的步伐。被迫东迁的中亚细亚人除一部分作为奴隶使用外，大多被编为"探马赤军"，参加了忽必烈统一中国的战争。硝烟散尽之后，元朝要求"探马赤军"上马则备战，下马则牧养，并在"社"的编制下，逐渐由双重职责的"兵农"转为一心耕田的农民。回回垦区集中在西北的宁夏和甘肃，西南的昆明和大理，中原的河南开封。即便是在作者的家乡山东，忽必烈也认为它与河南一样位居天下腹心，战略地位非凡，因而把聚居屯田的回回村落像楔子一样插进了汉族中间。就这样，几十万穆斯林散布全国，形成了明人所称"元时回回遍天下"的独特风景。

蒙古人付出了血的代价灭亡南宋之后，为了永葆江山不变颜色，本想将大量蒙古骑士移民南方，但习惯了草原羊群和凛冽寒风的蒙古人对这一美差不感兴趣，而漂泊惯了的回回们却毫不挑剔。于是，大量战功卓著的回回从干燥贫瘠的北方迁徙到温润富庶的东南沿海，镇江、泉州、杭州渐次成为回回聚居区。

对于有着商业细胞的回回民族来说，这里无疑是快速暴富的天堂。最离奇的是，泉州回回商人佛莲竟然拥有舶船八十艘、珍珠一百三十万石之多。而且，他们交纳的税款在忽必烈的财政收入中占了相当比例。可以说，蒙古人不善商贾，给了回回移民中国进而一展才华的广阔舞台。

日落月升，云涌水起。军事和经济上的贡献自然带来政治地位的提升，他们被确定为仅次于蒙古人的色目人。

三　一个民族的诞生

东迁的回回商人大多未带家眷，因而他们在中原定居多年后，不管骨子里情愿与否，总耐不住年复一年的寂寞，血统观念被迫服从传宗接代的需要，他们只能娶当地汉人女子为妻。大概是入乡随俗吧，从第三代开始，一些在中国结成家庭的回回，将本名音译中的某一个音转化成汉字，作为本家族的姓氏。后来的回族大姓，多是中亚人、波斯人、阿拉伯人常用人名首音、尾音或中间音的译写。

穆罕默德三十一世孙云南平章政事赛典赤·瞻思丁，生有纳速拉丁、哈散、忽辛、苫速丁、马速忽五个儿子，后代分别形成了纳、速、丁、忽、哈、撒、赛、闪、马、穆、沙、郝、苏十三大姓。

因为穆罕默德当时被翻译为马罕默德、马合麻、马罕默、马圣人，所以大批回回怀着对先知的无限崇敬，在取姓时以"马"字开头，这也就是"十个回回九个马"的真正原因。

先知易卜拉欣被译为亦不喇金，回族中的金姓取自其名中的尾字。

米姓回族多来自中亚米国的米氏。

还有部分回回被赐了汉姓。大食人李诃末、敕勒人李光颜因战功卓著，波斯人李舜铉、李珣、李成三兄妹因文采非凡都在唐朝被赐予国姓。一名穆斯林骨伤外科专家受聘担任护驾疮科御医，被宋神宗赐名梁柱。南宋灭亡后，元朝布下天罗地网搜缉皇室赵姓，致使赵姓民众纷纷改姓。元宪帝为打消民众的恐惧，便将纳速拉丁的长子、中书省平章政事（宰相）伯颜赐姓为赵，成为山东青州回族赵氏的先祖。维吾尔将军哈八十因屡立战功，被朱元璋赐姓剪（取剪除敌人之意，后改姓翦），并赐给湖南桃源县良田一千一百七十亩，史学家翦伯赞就出生于此。回族将领常遇春、胡大海则被朱元璋赐予了皇姓，从此山东、安徽有了朱姓回民，后来部分人改姓黑，这也是回族朱黑不分的原因。

应该感谢和尚出身的朱元璋。因为加速回族共同体形成的，是他在公元1372年下达的一道著名诏书："蒙古色目人现居中国，许与中国人结婚姻，不许与本类自相嫁娶。"根据诏令，不但汉女嫁回男可以成为回回，汉男娶回女同样可以成为回回。今日青海东部的孔姓回民，无疑是孔子的后裔。回族思想家李贽的先祖——汉人林驽在波斯经商时娶穆斯林女子为妻，他的后代全部融入了回族。

部分维吾尔人也是回族的一条支脉。明英宗将甘州、凉州"寄居回回"一千七百四十九人，凉州"归属回回"七百零二人先后迁徙江南成为回族。

蒙古将军阿难答及其部下十五万人大半皈依了伊斯兰教，成为回族的一支血脉。回族的铁、脱、朵、达、妥、火姓，大多源于蒙古名字。

被回回吸收的还有党项羌，今回民中的党姓就是西夏党项姓氏。

女真人中的完颜氏与回族融合后，衍生出完、颜两个回族姓氏。

更离奇的是，公元1417年，位于今菲律宾苏禄群岛的苏禄东王巴都噶·叭嗒剌访问大明，归国途中不幸病逝于德州。明成祖下令将他厚葬在今德州北营村，留下王妃和次子温嗒剌、三子安都鲁守墓，守墓人的后代在大清年间加入了中国国籍，取祖先的字首温、安为姓，因信仰伊斯兰教并与回族通婚，也成为回族。

一粒沙，再加一粒沙，不停地加下去，就成了沙漠。一个人，再加一个人，不停地加下去，就成了一个族群。这个漫长而有趣的过程确凿无误地告诉我们，回回东来是形成回族的基础，伊斯兰教及其文化、习俗是回族形成与发展的纽带，汉语是回汉民族的共同语言，中国是回族人民真正的祖国。

正是在回族最终成为独立民族共同体的明代，优秀的回族儿女"星"光璀璨——如明朝开国功臣常遇春、胡大海、沐英、蓝玉、冯胜、丁德兴，政治家马文瑞、海瑞，思想家李贽，诗人丁鹤年、金大车、金大舆；如世界级航海家郑和。

四 腥风血雨

抛开丰功与威名不说，仅就郑和远航、海瑞入仕就足以证实明朝采取了宽厚、温和的民族政策，清朝对回族实施了民族压迫政策，对伊斯兰教极尽歧视、限制、挑拨之能事。那部颁行天下的大清律上赫然写着，三个以上的回民持兵器行路要罪加一等，流徙一般可以申请留界而回民除外，回民罪犯要在脸上刺"回贼"二字。

面对清政府的压迫，回民忍无可忍，不断奋起抗争。公元1856年在大理的回民率先起义，大理回民元帅府最盛时占有云南五十三城。而陕甘回民起义尽管时隔六年才爆发，但无论规模还是声势都远远超过了云南。公元1867年，马占鳌占据河州，马化龙占据宁夏金积堡，白彦虎、马文禄占据肃州。三股义军与陕西的西捻军遥相呼应，搅得朝廷君臣辗转难寝、噩梦连连。

清朝派左宗棠率军十二万，集十二个省的银饷、五个海关的税银及向洋行筹借的白银共五千一百九十五万两，向反清最强烈、最彻底的陕甘回民起义军进行了"痛剿以服其心""老弱妇女，亦颇不免"的大剿杀。

金秋十月，左宗棠指挥湘军挺进西北。

西捻军被左宗棠清除。然后，回民义军的第一个堡垒——金积堡于公元1871年被清军包围。眼看大势已去，回民首领马化龙反绑了自己出堡向清军投降。左宗棠一面把马化龙关进牢房，一面下达了总攻的命令。群龙无首的金积堡被攻陷。

公元1872年早春二月的一个傍晚，斜阳带雁，夕霞如焚。马占鳌的手下悍将马海晏率领敢死队与清军在甘肃临夏广河县太子寺南新路山坡上遭遇，湘军死伤惨重，被迫向洮河一带溃退，左宗棠遭受了进军西北以来的首次惨败。

利益永远大于肾上腺。接下来，是近代军事史上最怪异的一幕。左宗棠惊魂未定，马占鳌的使者已来到他的营帐。原来，对方拼命夺取胜利的目的居然只是为了增加投降的砝码。左宗棠大喜过望。

军营里摆满了筵席，回族官兵们狼吞虎咽，不是因为打了胜仗，而是因为先前的胜利为投降增添了砝码和荣光。马占鳌被清廷授予六品军功顶戴，官至督带；马海晏（生有三子：长子马麒、次子马麟、三子马凤）、马安良（马占鳌之子，原名马七五，投降后被左宗棠赐名马安良）、马永瑞、马荣、马千龄（生有四子：马福财、马福禄、马福寿、马福祥）统统受到重用。

到公元1873年，三股回民义军已经投降了两股，剩下的肃州回民军成为一支孤军。由于清军和投降的回民军的联合进攻，肃州回民军首领白彦虎被迫率领上万部众出走新疆，担任掩护的马文禄一直坚持到靠宰食马肉充饥才不得不开城投降。

五　跨国长征

读者肯定要问，那支出走的回民军哪里去了？如今中亚的东干人——国外最大的回民群体，就是从大清出走的回民军的后裔。

一百三十多年前，在左宗棠的清剿之下，一支数万人的陕甘回民义军，由领袖白彦虎率领出走新疆，投靠已经占据新疆大部土地的浩罕塔吉克人阿古柏。

左宗棠收复肃州后，集中清军和投降的回民军进入新疆，向阿古柏发起进攻。狡猾的阿古柏将陕甘回民军放置在第一线，白彦虎无奈地充当了炮灰角色。公元1876年，血战在古牧地爆发，回民军被左宗棠的手下悍将刘锦棠击败，白彦虎随阿古柏退出天山北路。

天山防线被突破，气急败坏的阿古柏饮鸩自杀，阿古柏的儿子伯克胡里与白彦虎节节败退到大本营喀什噶尔。

战争没有周末，根本不会给弱者喘息的机会。公元1877年12月26日，喀什噶尔保卫战以失败告终，白彦虎连同陕甘回民军开始了惨烈的跨国长征。

隆冬时节，前方的天山被大雪覆盖，背后的清军步步逼近。正是在逼近生命极限的地方，人的生命感觉才最为敏锐和强烈。上万人的残部和家眷毅然启程，从新疆喀什向北翻越了海拔四千二百六十七米多的天山山脉，最终逃脱了清军的前堵后追，进入俄国七河地区，伯克胡里也一起死里逃生。当他们终于在楚河岸边扎下营盘的时候，却发现上万人的队伍只剩下三千三百一十四人，其余的人或战死或冻死或饿死或葬身在雪崩之中。

回民军流落到中亚后，被沙皇政府收留。陕甘人在异国土地上播下从老家带来的种子，就此繁衍生息，村落也由"营盘"向四周扩散。聚居点集中在吉尔吉斯、哈萨克和乌兹别克斯坦交界处的楚河两岸，距离中国边界约有一千公里。进入七河地区后的若干年，他们被官方认定为中亚最年轻的少数民族——东干族。东干，就是指甘肃东部。

一百三十多年过去了，时间抚平了历史的伤疤，风沙湮没了岁月的苔藓，但永远掩不住的是他们那血浓于水的中国情结。直到如今，东干人后裔仍自称大清国人、小清国人或中原回回、中国回族。

六　走向光明

终于，辛亥革命的枪声，如报春的鹧鸪，宣告了长达两千年封建专制统治的末日，唤醒了中国这头昏睡百年的东方之狮。孙中山的"五族共和"主张，点燃了包括回族在内的各族人民心中的希望。

仅仅几年，这撮希望之火就被兜头浇灭，因为蒋介石一直奉行大汉族主义，公开声称"中国只有汉族，其他民族都是汉族的大小宗支"，把回族称为"宗教信仰不同的国民"。

对分散在各地的回族民众，蒋介石一如既往地采取了"以回制回"的策略，清朝官员马安良、马福祥、马麒摇身一变成了国民政府的大员，官衔也由提督、统领换成了主席、委员。在公元1920年底的地方自治浪潮中，宁夏护军使马福祥、甘州镇守使马璘、凉州镇守使马廷勷（马安良之子）、西宁镇守使马麒、宁夏新军司令马鸿宾（马福禄之子）形成了"西北五马"。公元1936年之后，"新西北四马"浮出水面——马鸿逵（宁夏省主席）、马鸿宾（甘肃省代理主席）、马步芳（青海省代理主席）、马步青（新编骑兵二师师长）。这种家族式统治一直持续到五星红旗在北平升起前夕。

"马家军"毕竟只是另类，众多回族仁人志士为了民族的解放、祖国的富强、人民的幸福做出了自己的贡献。在五四运动"民主与科学"的火红旗帜上，赫然书写着回族青年郭隆真、刘清扬的名字。在凄苦惨烈的抗日战场，马本斋旗下的冀中回民支队粉碎了日军的数次残酷扫荡，被誉为"打不垮、拖不烂的铁军"。在蒋介石撕毁"双十协定"发动全面内战后，"回协""回联"和广大回族人民勇敢站在共产党一边，为中国人民的彻底解放立下了功勋，与各族人民一起共同托起了新中国的一轮红日。

在太平洋东岸晨曦初现，距离新中国成立仅有十二天的时候，"西北四马"之一的马鸿宾也弃暗投明（马鸿逵、马步芳逃亡台湾后被撤职查办，马步青逃奔香港默默度过残生）。他和驻守中卫的儿子——国民党八十一军军长马惇靖、副军长马惇信一起率部起义，部队改编为解放军西北军区独立第二军。获得政治新生的马鸿宾顺利当选为宁夏省人民政府副主席。

宁夏回族自治区、甘肃临夏回族自治州、新疆昌吉回族自治州，甘肃张家川、青海门源和化隆、新疆焉耆、河北大厂和孟村六个回族自治县以及与其他民族联合组成的五个自治县相继成立。如今回族人口已过千万，在中华民族大家庭中仅次于汉族、壮族和满族位居第四。

在已经由计划经济转型为市场经济的中国，这个有着天生市场经济细胞的民族，应该如鱼得水，如虎添翼。我唯一的忠告是，将经商的理念和习惯保持下去固然重要，但千万不要让孩子们中途辍学。因为一个拥有知识的民族，才能拥有不断前行的力量。德国和日本二战后迅速崛起的历史一再表明，软实力比硬实力更具决定意义。